ANDERSON COUTO E EMERSON COUTO

101 PROFISSÕES FORA DO COMUM PARA PESSOAS NADA NORMAIS

Belas Letras

© 2016 Anderson Couto e Emerson Couto

Editor
Gustavo Guertler

Coordenação editorial
Fernanda Fedrizzi

Revisão
Germano Weirich e Mônica Ballejo Canto

Capa e projeto gráfico
Celso Orlandin Jr.

Dados Internacionais de Catalogação na Fonte (CIP)
Biblioteca Pública Municipal Dr. Demetrio Niederauer
Caxias do Sul, RS

C871	Couto, Anderson
	101 profissões fora do comum para pessoas nada normais / Anderson Couto e Emerson Couto._Caxias do Sul, Belas Letras, 2016.
	208p.: il.
	ISBN: 978-85-8174-288-5
	1. Literatura brasileira - Humor. 2. Profissões incomuns. I. Couto, Emerson. II. Título.
16/79	CDU 821.134.3(81)-7

Catalogação elaborada por
Maria Nair Sodré Monteiro da Cruz CRB-10/904

Grafia atualizada segundo o Acordo Ortográfico da Língua Portuguesa de 1990,
que entrou em vigor no Brasil em 2009.

IMPRESSO NO BRASIL

[2016]
Todos os direitos desta edição reservados à
EDITORA BELAS LETRAS LTDA.
Rua Coronel Camisão, 167
Cep: 95020-420 – Caxias do Sul – RS
Fone: (54) 3025.3888 – www.belasletras.com.br

VINCENT MALLOY TEM SETE ANOS. ELE É
SEMPRE EDUCADO E FAZ O QUE LHE PEDEM.
PARA UM MENINO DE SUA IDADE, É ATENCIOSO
E SIMPÁTICO. MAS O QUE ELE REALMENTE
QUER É SER COMO VINCENT PRICE.

(*VINCENT*, DE TIM BURTON)

UM CONVITE AO RISO E À REFLEXÃO

Este *101 profissões fora do comum para pessoas nada normais* não deve ser levado muito a sério. E é justamente por isso que ele é diferente de tudo que você já leu sobre a escolha de uma carreira. Não é um guia todo certinho, cheio de bases científicas, pesquisas bibliográficas, faculdades estreladas e o escambau. Ele é uma mistura de informação real com ficção e humor. É um roteiro para rir e refletir sobre profissões nada convencionais e sobre as transformações do mercado de trabalho.

Sim, o mercado está em ebulição. Vivemos uma era em que a carteira assinada está na UTI. Vivemos a era do home office, do coworking, da economia disruptiva, da criatividade, do engajamento. Vivemos uma era que valoriza comportamentos e não apenas competências técnicas aprendidas nas faculdades ou MBAs da vida. Trabalho não é mais sinônimo de ganhar dinheiro para bancar o prazer dos momentos de folga. Trabalho pode ser, sim, sinônimo de prazer.

Até alguns anos atrás, ninguém imaginava que poderia trabalhar como lixólogo, vendedora de nudes, piloto de drones ou assessor de delator premiado. Mesmo as profissões clássicas estão passando por grandes mudanças. Jornalistas fugiram de seu *habitat* natural, as redações, e invadiram o mundo corporativo como assessores de comunicação ou gestores de mídias sociais. Outros precisam resgatar valores. Quer ser médico? Que tal ser o velho "médico da família", aquele com empatia por seus pacientes e capaz de fazer um diagnóstico clínico sem depender de complexos exames?

Este livro não é recomendado apenas aos jovens à beira de um ataque de nervos porque o vestibular está chegando, porra, e eu não tenho ideia do que quero estudar. A propósito, nem todos os caminhos profissionais hoje passam pela universidade. Este livro é igualmente dedicado aos mais experientes que, entre um rabisco e outro no guardanapo da mesa do bar, desenham outros rumos. Se nem casamento é mais para a vida toda, por que uma carreira seria? Chegou a hora de você se divorciar do seu trabalho sem graça. E voar!

Os autores

POR QUE AS PESSOAS ESCOLHEM A PROFISSÃO ERRADA?

PORQUE ELAS ACREDITAM EM CARTOMANTE, EM TESTE VOCACIONAL, NO GUIA DO ESTUDANTE DA ABRIL.

PORQUE NO DIA DO VESTIBULAR O ANJO DA GUARDA DEVIA ESTAR DE RESSACA OU, SEI LÁ, FAZENDO UMA CIRURGIA DE MUDANÇA DE SEXO EM MARROCOS.

PORQUE NO DIA DO SISU, MESMO COM TANTAS ORAÇÕES, DEUS DEVIA ESTAR NO TAL SÉTIMO DIA, DE BOA NA PRAIA, E NÃO EVITOU QUE ELA MARCASSE A OPÇÃO AGRONOMIA.

PORQUE PAPAI E MAMÃE QUISERAM QUE ELE QUISESSE ASSIM, APESAR DE ELE QUERER ASSADO.

PORQUE TEM GENTE QUE FAZ MERDA PROFISSIONAL NUMA VIDA PASSADA, TIPO SER CARRASCO DE CORTAR PESCOÇO DE RAINHA, E, NESTA VIDA, ESCOLHE VOLTAR TIPO ATOR OU ESCRITOR PARA PAGAR O CARMA.

PORQUE A TIA JANE DA 4ª SÉRIE D FALAVA QUE ELE ERA BOM EM MATEMÁTICA E O MOLEQUE ACREDITOU NA MALDITA TIA JANE E ACHOU QUE FAZER ENGENHARIA SERIA FÁCIL.

PORQUE A GENÉTICA, MUITAS VEZES, ATRAPALHA. JORNALISTAS, POR EXEMPLO, AMAM O GENE DO GLAMOUR, MAS COSTUMAM HERDAR DE SEUS PAIS O GENE DA POBREZA.

PORQUE AS PESSOAS CONTINUAM ACHANDO QUE ESCOLHER PROFISSÃO É PARA O RESTO DA VIDA E, POR ISSO, MORREM DE MEDO DE ERRAR E, JUSTAMENTE POR MEDO DE ERRAR, ELAS NÃO CORREM RISCOS. E ERRAM.

PORQUE ESSA COISA DE TOMAR A DECISÃO CERTA E NÃO SE ARREPENDER DEPOIS NÃO TEM A MENOR GRAÇA.

QUAL A SUA MOTIVAÇÃO?
FAÇA O TESTE E DESCUBRA

Certo dia, alguém disse ao Felipe Massa que ele tinha vocação para ser piloto de Fórmula 1. Ao Fiuk, que ele tinha jeito para as artes dramáticas, assim como o seu pai. O cirurgião que esqueceu o bisturi dentro da barriga do paciente ouviu, quando jovem, que sua vocação era a medicina.

Desconfie quando tentarem te convencer que este ou aquele teste vocacional é confiável, só porque foi desenvolvido por algum psicólogo renomado de alguma universidade estrangeira renomada. Testes são falíveis. E, como este livro tem também as suas trapaças, pensamos: por que não criar então o nosso próprio teste sem confiabilidade? E não é que criamos?

O teste ficou ótimo, pode desconfiar. Trocamos as bases científicas pelas bases humorísticas. Não se trata de um teste de vocação, mas de motivação. Ter um propósito é o ponto de partida para tudo na vida, incluindo a vida profissional. Não basta ter dom ou propensão para seguir este ou aquele caminho. É preciso descobrir o que te move a seguir um caminho. Assim, nasceu o teste **Qual a Sua Motivação, Porra?**, desconhecido pelos meios acadêmicos pela sigla QSMP.

Nas 10 questões a seguir, **marque apenas uma alternativa**, a que mais diz respeito a você. Seja verdadeiro nas respostas (mesmo que você esteja treinando para ser advogado). A verdade nos traz a iluminação para o autoconhecimento, já ensinou um monge budista do qual não lembramos o nome.

Na escola, você curtia...

A) Participar do trabalho de compostagem voltado para a horta comunitária.
B) Ser conhecida como a pessoa mais zueira da classe.
C) Colocar um rato vivo na gaveta da professora escrota.
D) Descobrir o mundo por meio da leitura.
E) Passar de ano pra entrar logo de férias.

Que tipo de viagem mais te seduz?

A) Quênia (para um programa de trabalho voluntário).
B) Nova York.
C) Uma ilha paradisíaca do Pacífico em tempos de tsunami.
D) Paris.
E) São Paulo (para uma reunião de negócios).

Quando criança, qual era a sua brincadeira favorita?

A) Ciranda.
B) Dublar artistas famosos em frente do espelho.
C) Descer ladeira com uma bicicleta velha e sem freio.
D) Beijo, abraço ou aperto de mão.
E) Lavar a louça para a mãe em troca de umas moedas.

Se você ganhasse alguns milhões na Mega-Sena, o que você faria?

A) Montaria uma ONG para acolher moradores de rua.
B) Faria um monte de cirurgia plástica para participar de um concurso de beleza.

C) Torraria tudo em menos de um ano.
D) Viajaria uma vez por ano em lua de mel com meu amor.
E) Pagaria todas as minhas dívidas passadas e das próximas encarnações.

Com qual figura pública você mais se identifica?

A) Gandhi.
B) Gisele Bündchen.
C) Serginho Mallandro.
D) Shakespeare.
E) Bill Gates.

Qual o epitáfio ideal para o seu túmulo?

A) Cocriando a eternidade.
B) Fui lacrar no Paraíso.
C) Inferno tem *open bar*?
D) Uma vida dedicada ao amor e à família.
E) Aqui jaz um homem trabalhador.

Se você fosse um animal, que animal você seria?

A) Uma tartaruga resgatada pelo Projeto Tamar, tratada e devolvida ao mar.
B) Um pavão ma-ra-vi-lho-so!
C) O bicho preguiça do filme *A Era do Gelo*.
D) O Gato de Botas fazendo cara de meigo em Shrek.
E) Um leão.

O que você curte fazer nas horas vagas?

A) Abraçar árvores.
B) Assistir ao pay-per-view do BBB.
C) Pular de paraquedas.
D) Escrever poesia.
E) Quem tem muita conta para pagar não tem hora vaga.

Uma frase que te define:

A) Tudo vale a pena quando a alma não é pequena.
B) Qualquer uma da Clarice Lispector para ostentar no Insta.
C) Pau que nasce torto nunca se endireita.
D) Quando a gente ama não pensa em dinheiro.
E) O salário caiu na conta.

Quando você conhece uma pessoa interessante na balada, você...

A) Imagina-se casando com ela e adotando uma criança.
B) Pergunta se ela te achou interessante (pra saber se vai dar *match*).
C) Fica com vontade de transar imediatamente.
D) Fica apaixonado imediatamente.
E) Pede o número do celular, sem se esquecer de perguntar qual é a operadora.

E A SUA MOTIVAÇÃO É...

Este resultado sinaliza a essência de sua motivação, o mais forte de seus propósitos, que é a letra que teve mais votos. O que não significa que você não possa ter também outras motivações, mas com menor força. Faça a conta dos votos de todas as letras, de "A" a "E". Não existem propósitos bons ou ruins, nobres ou plebeus. Existem propósitos. E eles têm significados diferentes para cada um de nós. Boa descoberta a todos!

Se a maioria das respostas teve a letra **A**, o que te move é o **idealismo**. Você é a pessoa que sonha em mudar o mundo, mesmo sabendo que esta merda não tem muito mais jeito, não. Você não busca uma profissão que traga benefícios apenas a você, mas a todos ao seu redor. E o melhor: foi-se o tempo em que o idealista vivia com a cabeça nas nuvens e os pés longe do chão. Hoje, já existem carreiras sólidas e estruturadas para quem quer viver em prol de um bem maior.

Se a maioria das respostas teve a letra **B**, o que te move é a **vaidade**. Você é a pessoa que acredita que, antes de ganhar um dinheiro, é necessário ser idolatrado pelos pobres mortais. Em tempos de reality shows de tudo que é tipo e das webcelebridades, já é mais factível alcançar este objetivo. Se antes era tudo uma questão de 15 minutos de fama, hoje o vaidoso famosão já pode pensar numa carreira mais longeva. Taí a Geisy Arruda que não nos deixa mentir.

Se a maioria das respostas teve a letra **C**, o que te move é a **porra-louquice**. Você é a pessoa que não tem medo de nada, gosta de correr riscos, fugir do convencional. Adora empreender, tocar um foda-se. O malucão não se importa em botar sua reputação em jogo, mesmo porque sua reputação nunca foi lá essas coisas. Os malucões assumem caminhos profissionais que pouca gente tem coragem de seguir.

Se a maioria das respostas teve a letra **D**, o que te move é a **paixão**. Você é a pessoa incapaz de escolher uma profissão sem ouvir o coração. Os apaixonados têm um nível formidável de envolvimento com seu trabalho e valorizam a satisfação. Um tipo muito atual, principalmente entre os mais jovens, que querem aliar dinheiro com diversão. Prazer pode dar dinheiro, sim, e não estamos falando apenas da profissão mais antiga do mundo.

Se a maioria das respostas teve a letra **E**, o que te move é a **grana**. Você é a pessoa que, antes de pensar em salvar o mundo, ficar famoso ou amar o que faz, precisa pagar as contas do mês. O seu foco principal são as necessidades básicas de sobrevivência, ou seja, ganhar dinheiro. E isso não é demérito algum, nem motivo de vergonha, afinal você não deve satisfação a ninguém. Trata-se de um tipo conservador e clássico, mas ainda muito comum no mercado.

Nas páginas a seguir, você conseguirá saber quais profissões estão ligadas aos diferentes tipos de motivação. Você pode, assim, ir direto às carreiras que têm mais a ver com seu propósito mais essencial. Mas é importante destacar duas coisas: 1) como todos nós temos mais de uma motivação profissional, pesquise também as demais motivações; 2) algumas profissões estão ligadas a diferentes motivações. Por exemplo, um youtuber pode ser movido por vaidade, paixão pelo que faz ou apenas por grana.

O RECOMENDADO É QUE VOCÊ LEIA O LIVRO TODO E VÁ SE DESCOBRINDO (E RINDO) A CADA PÁGINA.

SUMÁRIO

IDEALISMO

ADVOGADO **23**

AGRICULTOR ORGÂNICO **26**

BANQUEIRO SOCIAL **48**

BOMBEIRO **49**

BRUXA **50**

CAÇADOR DE MOSQUITO DA DENGUE **51**

CONSTRUTOR DE JARDIM VERTICAL **66**

EDUCADOR PARA CONSUMO CONSCIENTE **93**

ESCRITOR **97**

FILÓSOFO **108**

FISCAL DE FISCAL DE CU **110**

FUTURISTA **111**

GERONTÓLOGO **113**

INCENTIVADOR DE OCUPAÇÃO DE ESPAÇOS PÚBLICOS **123**

JORNALISTA QUE CHECA INFORMAÇÃO **128**

LIXÓLOGO **129**

MAKER (FAZEDOR) **131**

MECÂNICO DE BICICLETA **138**

MÉDICO **140**

MÉDIUM 2.0 .... **144**

ONGUEIRO **153**

OUVIDOR DE HISTÓRIAS QUE NINGUÉM QUER OUVIR **161**

PADRE **163**

PALESTRANTE MOTIVACIONAL **166**

PARTICIPANTE DE COLETIVOS **170**

POLÍTICO HONESTO **177**

PROFESSOR **179**

PSICÓLOGO **181**

RECICLADOR DE LIXO ELETRÔNICO **185**

RECUPERADOR DE ÁREAS URBANAS DEGRADADAS **187**

VAIDADE

ATOR **41**

BAILARINA DO FAUSTÃO **46**

CANTOR POPSTAR DE YOUTUBE **55**

DESIGNER DE MODA **80**

ESCRITOR **97**

ESTRELA DO SNAPCHAT **106**

FILÓSOFO **108**

HUMORISTA PÓS-PIADA DE PORTUGUÊS **122**

JOGADOR DE FUTEBOL **125**

MODELO *PLUS SIZE* **146**

PADRE **163**

PALESTRANTE MOTIVACIONAL **166**

PARTICIPANTE DE REALITY SHOW **171**

PUBLICITÁRIO QUE FAZ COMERCIAL DE CERVEJA SEM MULHER GOSTOSA **184**

SUBCELEBRIDADE **192**
VENDEDOR DE TEKPIX NA TV **199**
VENDEDORA DE NUDES PELA WEB **200**
YOUTUBER **203**

PORRA-LOUQUICE

ADMINISTRADOR DE MORTE DIGITAL **22**
ANTROPÓLOGO **30**
ARTISTA CIRCENSE **31**
ATLETA PROFISSIONAL DE GAMES **39**
CAÇADOR PROFISSIONAL DE PRÊMIOS EM CONCURSO **52**
COACH PARA PRODUÇÃO DE SELFIES **59**
COLONO EM MARTE **60**
COMENTARISTA PROFISSIONAL DE NOTÍCIAS DE PORTAL **62**
DOADOR TOP DE SÊMEN HUMANO **82**
GESTOR DE EFEITOS COLATERAIS DE VICIADOS EM POKÉMON GO **114**
GUARDADOR DE LUGAR EM FILAS **117**
GUIA DE TURISMO EXÓTICO **119**
MÃE DE FILHO DO NEYMAR **130**
MOTORISTA DO UBER **148**
ORGANIZADOR DE CASAMENTOS DA GRETCHEN **157**
ORIENTADOR DE TRÁFEGO DE PESSOAS COM SMARTPHONE **159**
PAPARAZZO **168**
PARTICIPANTE DE REALITY SHOW **171**
SUBCELEBRIDADE **192**
TRADUTOR INTERNETÊS-PORTUGUÊS **197**
VENDEDORA DE NUDES PELA WEB **200**

PAIXÃO

ADVOGADO **23**

AGRICULTOR ORGÂNICO **26**

ANFITRIÃO DE TURISTAS PELO AIRBNB **28**

ANTROPÓLOGO **30**

ARTISTA CIRCENSE **31**

ASSESSOR DE IMPRENSA **36**

ATLETA PROFISSIONAL DE GAMES **39**

ATOR **41**

BAILARINA DO FAUSTÃO **46**

BOMBEIRO **49**

BRUXA **50**

CAÇADOR DE MOSQUITO DA DENGUE **51**

CAÇADOR PROFISSIONAL DE PRÊMIOS EM CONCURSO **52**

CANTOR POPSTAR DE YOUTUBE **55**

CHEF **57**

CONDUTOR DE DRONES **64**

CONSTRUTOR DE JARDIM VERTICAL **66**

CONSULTOR EM QUALIDADE DE VIDA **68**

CURADOR DE ARTE **72**

DEGUSTADOR DE CERVEJA **73**

DESENVOLVEDOR DE APLICATIVOS **77**

DESENVOLVEDOR DE GAMES **79**

DESIGNER DE MODA **80**

DIGITAL INFLUENCER **81**

DOG WALKER **85**

EMPRESÁRIO DO RAMO GEEK **95**

ENGENHEIRO BOMBRIL	96
ESCRITOR	97
ESCRITOR DE MENSAGENS DE AMOR	101
ESTRELA DO SNAPCHAT	106
FILMMAKER	107
FUTURISTA	111
GERONTÓLOGO	113
HUMORISTA PÓS-PIADA DE PORTUGUÊS	122
INCENTIVADOR DE OCUPAÇÃO DE ESPAÇOS PÚBLICOS	123
JOGADOR DE FUTEBOL	125
JORNALISTA QUE CHECA INFORMAÇÃO	128
MAKER (FAZEDOR)	131
MECÂNICO DE BICICLETA	138
MÉDICO	140
MÉDIUM 2.0	144
NUTRICIONISTA	151
PARTICIPANTE DE COLETIVOS	170
PROFESSOR	179
PSICÓLOGO	181
PUBLICITÁRIO QUE FAZ COMERCIAL DE CERVEJA SEM MULHER GOSTOSA	184
RECUPERADOR DE ÁREAS URBANAS DEGRADADAS	187
RELAÇÕES INTERNACIONAIS	189
SOCIAL MEDIA	190
TRAFICANTE DE LIVROS	198
YOUTUBER	203

GRANA

ADMINISTRADOR DE MORTE DIGITAL **22**

ANFITRIÃO DE TURISTAS PELO AIRBNB **28**

ASSESSOR DE DELATOR PREMIADO **33**

ASSESSOR DE IMPRENSA **36**

ATENDENTE DE WHATSAPP **38**

BABÁ BACKUP DE PAIS AUSENTES **44**

COMENTARISTA PROFISSIONAL DE NOTÍCIAS DE PORTAL **62**

CONDUTOR DE DRONES **64**

CONSELHEIRO DE APOSENTADORIA **65**

CONSULTOR EM QUALIDADE DE VIDA **68**

CONSULTOR TOP DE BOLSA DE VALORES **70**

CONSULTORA DA JEQUITI **71**

DELIVERY FAZ-TUDO **75**

DESENVOLVEDOR DE APLICATIVOS **77**

DESENVOLVEDOR DE GAMES **79**

DIGITAL INFLUENCER **81**

DOADOR TOP DE SÊMEN HUMANO **82**

DOG WALKER **85**

DONO DE FOOD TRUCK **88**

DONO DE LOJA FRANQUEADA **91**

ENGENHEIRO BOMBRIL **96**

ESCRITOR DE MENSAGENS DE AMOR **101**

ESPECIALISTA EM *CLOUD COMPUTING* **103**

ESPECIALISTA EM INTELIGÊNCIA ARTIFICIAL **104**

GESTOR DE VAQUINHA DIGITAL **116**

GUARDADOR DE LUGAR EM FILAS **117**

JOGADOR DE FUTEBOL	**125**
LIXÓLOGO	**129**
MÃE DE FILHO DO NEYMAR	**130**
MANIFESTANTE PROFISSIONAL	**133**
MARIDO DE ALUGUEL	**135**
MECÂNICO DE BICICLETA	**138**
MODELO *PLUS SIZE*	**146**
MOTORISTA DE VAN ESCOLAR	**147**
MOTORISTA DO UBER	**148**
NUTRICIONISTA	**151**
ONGUEIRO	**153**
OPERADOR DE TELEMARKETING	**154**
ORIENTADOR DE TRÁFEGO DE PESSOAS COM SMARTPHONE	**159**
PAPARAZZO	**168**
PERSONAL QUALQUER COISA	**174**
PLANEJADOR DE *E-LEARNING*	**176**
RECICLADOR DE LIXO ELETRÔNICO	**185**
REDATOR CRIATIVO PARA SINOPSE DE FILME PORNÔ	**188**
SOCIAL MEDIA	**190**
TRADUTOR INTERNETÊS-PORTUGUÊS	**197**
VENDEDOR DE TEKPIX NA TV	**199**
VENDEDORA DE NUDES PELA WEB	**200**
VIGIA DE BONS COSTUMES EM REDES SOCIAIS	**202**
YOUTUBER	**203**

1. ADMINISTRADOR DE MORTE DIGITAL

Há likes após a morte!

Quando o assunto é herança, óbvio que é bem melhor a gente sonhar com a mansão na praia da tia rica e solteirona, mas, nos malucos tempos de hoje, já é possível ganhar um dinheiro herdando, por exemplo, um perfil no Facebook. A profissão ainda não é uma realidade no Brasil, logo não há referência de remuneração, mas é supertendência em muitos países, principalmente nos Estados Unidos. Então é bom ficar atento ao mercado!

O exibicionismo nas redes sociais está tão poderoso que não será uma bobagem como a morte que vai interromper o brilhantismo de um ser humano no Instagram. Alguém seguirá fazendo isso pelo morto. A vaidade pode ser eterna. O administrador de morte digital é o profissional que assume a gestão dos textões e likes póstumos. E a atuação não se restringe às redes sociais. Ele poderá assumir de contas de e-mail a sites pessoais de poesia.

Se a qualidade de produção de conteúdo do morto era de alto nível, o administrador de morte digital precisará ser alguém igualmente bastante qualificado. Por exemplo: o morto é – ou melhor, era – um ótimo poeta; o administrador a ser contratado para gerir o blog de poesias do defunto não precisará ser nenhum Drummond, mas deve ir além da rima "amor" com "dor". O administrador deve ainda se despir de suas crenças e opiniões pessoais e assumir as do patrão. Você é fã do Jean Wyllys, mas vai falar bem do Bolsonaro. Vai, sim! Profissionalismo é tudo aqui.

2. ADVOGADO

Sempre haverá pepinos para resolver

Trabalho não falta na área, afinal o mundo tá uma desgraceira só. Disse, certa vez, o escritor Charles Dickens: "se não existissem más pessoas, não haveria bons advogados". Esta é também umas das carreiras clássicas que mais bombam no Brasil: a taxa de reprovação no exame da OAB é superior a 80%. É muita bomba. Só após ser aprovado, tipo na segunda ou terceira tentativa, é possível exercer a profissão, com direito a ser chamado de "dotô" pela família.

Vida de advogado ou "adevogado" é cheia de perrengues, como ouvir pedidos de parentes e amigos para dar um jeito nas suas encrencas jurídicas. Sempre de graça, claro. Outro é ficar tão viciado na linguagem rebuscada da área a ponto de usá-la até para pedir uma simples coxinha no boteco: "Por obséquio, vossa excelência servir-me-ia um salgado de carne de frango cozida e desfiada, sem a presença, não obstante, de queijo cremoso sob registro da marca Catupiry?"

10 REQUISITOS PARA SER UM BOM ADVOGADO

1. Ter boa lábia. Se você já convenceu comunista a comprar loção pós-barba, está no caminho certo.

2. Não achar que você é um ministro do STF só porque encomendou um terno italiano novo.

3. Ler de tudo, do Código de Processo Civil Brasileiro até literatura indiana.

4. Ter a capacidade de encher linguiça na redação de petições (é de bom-tom, contudo, não abusar de citações de grandes pensadores, porque isso também é um pé no saco).

5. Ser muito paciente, afinal a Justiça no Brasil é lenta, assim como a chegada dos honorários.

6. Ter bom preparo físico para correr entre fóruns e tribunais em apenas uma tarde.

7. Ter boa reputação pessoal e profissional (evite postar no Facebook selfies em porta de cadeia).

8. Saber lidar com derrotas, mesmo sendo possível recorrer de uma decisão judicial.

9. Estar aberto a atuar em novas áreas do Direito, como digital e ambiental.

10. Acreditar no ideal de justiça, caso contrário é melhor vender loção pós-barba mesmo.

MOTIVAÇÕES: **1** Idealismo **4** Paixão

O JURAMENTO DO ADVOGADO

JURO (SEM CRUZAR OS DEDOS) SER UM ADVOGADO RESPONSÁVEL E COMPROMETIDO COM A VERDADE.

JURO RESPEITAR AS LEIS DO MEU PAÍS E, PRINCIPALMENTE, AS BRECHINHAS DELAS POR ONDE EU POSSA ENTRAR NUMA BOA.

JURO QUE O MEU EGO NÃO SERÁ MAIOR DO QUE O VALOR DOS MEUS HONORÁRIOS.

JURO (CRUZANDO OS DEDOS) NÃO CONTAR OS PODRES DO MEU CLIENTE EM UM GRUPO DE WHATSAPP.

JURO NÃO CHORAR SE TIVER DE ESCREVER CINCO PETIÇÕES NUM MESMO DIA.

JURO HONRAR A SAGRADA TRADIÇÃO DO DIREITO DE COMER DE GRAÇA NO DIA DO PENDURA.

JURO (CRUZANDO OS DEDOS DAS DUAS MÃOS) NÃO USAR A CARTEIRA DA OAB PARA FUGIR DO TESTE DO BAFÔMETRO QUANDO FOR PEGO NA BLITZ DA LEI SECA.

JURO NÃO COLOCAR A CULPA DAS MINHAS CAGADAS, COMO PERDER O PRAZO DE PROTOCOLAR UMA AÇÃO OU CHEGAR ATRASADO A UMA AUDIÊNCIA, EM MEU SÓCIO DE ESCRITÓRIO.

JURO NÃO COBIÇAR A PETIÇÃO ALHEIA.

JURO QUE ESTA É A ÚLTIMA VEZ QUE EU JURO TANTA COISA AO MESMO TEMPO. Ô COISA CHATA!

3. AGRICULTOR ORGÂNICO

Você não precisa ficar velho para viver do campo

Tem uma galera que pegou um bode monstruoso da cidade grande, não suporta mais hora do *rush* a qualquer hora e considera muito a ideia de migrar para o campo. Viver em harmonia com a natureza, pisando na terra fértil e, vez ou outra, na bosta da vaca. Plantar, por mais que seja uma profissão modesta, sem ganhos financeiros importantes, voltou a ficar na moda. E tem mais: não faltam previsões catastróficas de que vai faltar comida num futuro próximo. Plante!

A agricultura orgânica, aquela que não leva nenhum tipo de agrotóxico, sementes transgênicas ou fertilizantes sintéticos, tem crescido bastante nos últimos anos, porque tem também uma galera na cidade grande que busca uma comida mais saudável. Cada vez mais consumidores descobrem que essa coisa de cultivar um câncer de estimação por causa do excesso de pesticida no pimentão está por fora.

É claro que o cultivo de alimentos sem defensivos agrícolas é um desafio, porque as pragas são realmente uma praga, mas isso não é motivo para desistir. Dá para plantar sem química! Para combater aves, muitos agricultores orgânicos têm recorrido aos velhos espantalhos com a cara da sogra, movimento que tem empregado milhares de bonecos de pano que tinham sido esquecidos.

    Embora a regulamentação da atividade de agricultura orgânica ainda seja meio capenga no Brasil, é importante ser honesto na sua produção e comercialização. Se você chegar à feirinha de orgânicos com aquele morango do tamanho de uma laranja e disser que ali não tem agrotóxico, o povo vai desconfiar. Enganar o consumidor é outra praga deste mercado e só traz prejuízos. Agricultura orgânica é para gente séria e idealista.

4. ANFITRIÃO DE TURISTAS PELO AIRBNB

Transforme sua casa em hotel compartilhado

Ganhar uma grana alugando o apê para temporadas de férias é comum para quem vive em cidades turísticas. Mas você já pensou em receber um viajante num quarto de casa sem sair de casa? Ou reunir no mesmo quarto uma galera de mochileiros de qualquer canto do mundo?

Este é o conceito do Airbnb, site que faz a ponte entre anfitriões e hóspedes por meio de computador ou aplicativo de celular. Donos de hotéis detestam o Airbnb, assim como taxistas detestam os motoristas de Uber. Mas a economia compartilhada parece um caminho sem volta.

Ser anfitrião do Airbnb é transformar a casa em hotel melhorado. A ideia é proporcionar ao hóspede um ambiente familiar, de amizade, sem a frieza da hospedagem tradicional. O anfitrião precisa estar aberto a interagir com outras pessoas. Pelo Airbnb, hóspedes não são estranhos vagando pela casa. Eles tomam café da manhã com o anfitrião, saem para passear juntos. Numa dessas, os encalhados podem até encontrar sua alma gêmea, não é o máximo?

QUER GANHAR QUANTO?

O anfitrião define o valor do aluguel. Uma casa inteira em Sampa pode render a partir de R$ 600 por semana para acomodar um hóspede. Ou R$ 450 pelo quarto inteiro. Se o número de viajantes for maior pelo mesmo espaço, o valor do aluguel também sobe. Airbnb ou *Air bed and breakfast* significa "colchão de ar e café da manhã", mas sempre é legal oferecer algo a mais. Uma cama confortável, lençóis macios, um pãozinho integral no café. Mimos garantem diárias mais polpudas.

5. ANTROPÓLOGO

Índio é passado, estude os fãs do Bolsonaro

Imagine a cena: um debate sobre atrizes que fazem filmes pornôs no programa da Luciana Gimenez. Trabalho digno ou depreciação humana? No palco, Vivi Ronaldinha, um pastor evangélico xiita, um psicanalista de araque e o cantor Agnaldo Timóteo emitem suas opiniões polêmicas. Luciana, "chocada" com o que ouve de todas as partes, faz caras e bocas. Porra, isso é antropologia pura. São estes tipos humanos bizarros que merecem ser estudados com carinho.

Foi-se o tempo em que o principal foco de estudo dos antropólogos eram os índios. Índio perdeu a graça! É o ser humano esquisito dos nossos tempos pós-modernos que merece ser objeto de análises. E não estamos falando apenas da Luciana Gimenez e seus convidados. O que leva, por exemplo, um jovem do século 21 a querer votar no Bolsonaro para presidente?

Além de matéria-prima nova e bizarra de estudo, a Antropologia atrai também por ter alcançado outros horizontes. A ciência que estuda os homens e suas diferentes culturas e faz parte do curso de Ciências Sociais não está mais restrita aos meios acadêmicos, seja em trabalhos de pesquisa ou na docência. Os antropólogos estão, hoje, nos departamentos de marketing de grandes empresas de bens de consumo ou serviços, em grandes institutos de pesquisa, em projetos que mapeiam o comportamento humano e seus hábitos de consumo no mundo digital.

Faça da evolução humana – ou de sua involução – o seu ganha-pão!

MOTIVAÇÕES: ||| 3 Porra-louquice |||| 4 Paixão

6. ARTISTA CIRCENSE

Troque o escritório pelo picadeiro

Respeitável leitor, ser artista de circo é a chance de uma grande mudança de vida, aquela com que você sonha há anos, mas nunca teve coragem de arriscar. Que tal trocar a monotonia do escritório por um trapézio a 20 metros de altura? Imaginou a sensação de liberdade? Ok, no começo, deve dar um cagaço, mas você pode voar sobre uma rede de proteção, para que a nova carreira não seja curta demais.

Já se foi o tempo em que era preciso fugir com o trapezista ou nascer numa família de engolidores de espada para entrar para o circo. Hoje, existem escolas com aulas de equilibrismo, malabarismo, contorcionismo e outros ismos. E as companhias circenses perderam o jeitão mambembe, aboliram números com animais e investiram em apresentações mais teatrais.

Assim como nem todo jogador de futebol vira um Neymar, nem todo artista circense vira estrela do Cirque du Soleil, mas há trabalho em picadeiros por todo o Brasil. As habilidades circenses são também exibidas em espaços variados. Palhaços, mágicos e malabaristas costumam se apresentar em empresas, festas infantis, despedidas de solteiro, enterro de sogra e outros palcos.

ALGUNS REQUISITOS, SENHORAS E SENHORES

O imprescindível é ter paixão pela arte circense. Aptidão física também é necessária. Algumas técnicas se aprendem. Outras podem ser incorporadas de trabalhos anteriores, afinal quem nunca andou na corda bamba para manter o emprego? Ou tirou ideias geniais da cartola para agradar ao chefe? Ou fez acrobacias para alcançar as metas da firma?

MOTIVAÇÕES: ||| 3 Porra-louquice |||| 4 Paixão

7. ASSESSOR DE DELATOR PREMIADO

As pegadinhas dos malandros

Com tantos políticos e empresários corruptos fazendo delação para aliviar a pena na prisão, surgiu uma nova carreira no mercado: assessor de delator premiado. Brasília e Curitiba são as cidades que mais atraem estes profissionais. A principal função do assessor é ajudar o preso a preparar um material consistente para que a Justiça aceite a oferta de delação, armando arapucas, coletando provas e escrevendo relatórios cheios de suspense com os nomes dos denunciados.

É tanto malandro em busca de uma prisão domiciliar que os juízes ficaram mais exigentes. Não se contentam com um dossiezinho de bosta ou qualquer informação que já tenha saído no Jornal Nacional. Querem fatos novos, bombásticos, tipo furo jornalístico, envolvendo peixes graúdos. E dossiê bom exige planejamento estratégico, conhecimentos de logística e ações bem coordenadas.

Grampear outro corrupto que o delator deseja dedurar à Justiça é trabalho do assessor, que estuda minuciosamente o ambiente da armadilha. Como entrar no local sem deixar rastros? É melhor instalar escutas dentro do abajur ou atrás do Kandinsky comprado para lavar dinheiro? Nunca compre microfone chinês vagabundo só porque está em promoção no Alibaba. A instalação de câmeras escondidas, a famosa Pegadinha do Mallandro, também cabe ao assessor.

Nos encontros em locais públicos para conversas que possam render material de delação, é o assessor que avalia as locações ideais para as arapucas. O puxadinho da base aérea de Brasília já está manjado demais. É preciso criatividade para atrair a presa a um lugar reservado e silencioso. O assessor também pensa em como camuflar celulares em cuecas para a captação do áudio, sem que peidinhos inesperados comprometam a qualidade da gravação.

ALÉM DOS GRAMPOS E DOSSIÊS

Após a Justiça aceitar o pedido de delação, o trabalho do assessor continua até que seu cliente deixe sua cela de 16 metros quadrados rumo à sua nova mansão com piscina, sauna e ofurô. É missão do assessor farejar uma prisão domiciliar de luxo para ele. O assessor é também o seu personal stylist. Ao sair do xilindró, o delator precisa estar vestido de forma impecável. Ele nunca admitiria usar um blazer que não combinasse com a tornozeleira eletrônica, nunca!

MOTIVAÇÃO: ||||| 5 Grana

Assessorar corrupto dá grana

OS GANHOS SÃO VARIÁVEIS, MAS POLPUDOS. DONOS DE GRANDES CONSTRUTORAS, ACOSTUMADOS A PAGAR PROPINAS MILIONÁRIAS, OFERECEM MELHORES RENDIMENTOS. SÓ NÃO PERGUNTE PARA NÓS DE ONDE VEM O DINHEIRO. POLÍTICOS SÃO MAIS MÃO DE VACA. VIVEM CHORANDO QUE ESTÃO NA PIOR, QUE FORAM ABANDONADOS PELO PARTIDO. MENTIRA! É DURO CONFIAR NESSA GENTE. ESTE É UM DOS RISCOS DA PROFISSÃO.

8. ASSESSOR DE IMPRENSA

Uma carreira para engolidores de sapos

Seu trabalho é construir pontes entre o assessorado (empresas, instituições, artistas) em busca de seus minutos e centímetros de fama e os jornalistas de redação (TV, rádio, jornal, revista e internet). O campo de atuação é fértil. Essas pontes, porém, tremem demais, como se fossem cair.

Assessores reclamam que a turma da redação é muito mimada e quer tudo pra ontem. O assessor também lida com as esquisitices do assessorado, um tipo louco para aparecer no Jornal Nacional, mesmo que não faça nada de interessante na vida. Ser assessor é buscar o difícil equilíbrio entre o interesse do assessorado e o do jornalista. E entre o ego de ambos também.

Outro desafio do assessor de imprensa é explicar ao leigo o que faz um assessor de imprensa. Basicamente, ele divulga o assessorado para a mídia por meio de releases (textos informativos) e muito papo; por outro lado, recebe pedidos dos jornalistas para entrevistas, checagem de dados, fotos. Tudo pra ontem, claro.

Atualmente, são os próprios jornalistas que dominam o mercado de assessoria, em especial os que perderam o emprego nas redações. Os pioneiros do pedaço foram os relações públicas, categoria em extinção e que já merece um programa no Globo Repórter. Quem são os RPs? Onde vivem os últimos exemplares da espécie?

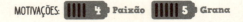

5 mancadas clássicas que o assessor de imprensa deve evitar

1. ACHAR QUE ASSESSOR É UM MERO DISTRIBUIDOR DE RELEASES, TIPO METRALHADORA GIRATÓRIA, NÃO ENTENDENDO NADA DE ESTRATÉGIA E PLANEJAMENTO.

2. CONFUNDIR "CULTIVAR RELACIONAMENTOS" COM "PUXAR O SACO".

3. LIGAR PARA O CADERNO DE POLÍTICA DO JORNAL TENTANDO EMPLACAR UMA MATÉRIA SOBRE UMA NOVA TINTURA PARA CABELOS.

4. ESCREVER RELEASE BEM TOSCO, CHEIO DE ERROS DE PORTUGUÊS, DIGNO DE VIRAR PIADA NA REDAÇÃO.

5. TENTAR CONVENCER O JORNALISTA DE QUE O PEIXE QUE VOCÊ ESTÁ QUERENDO VENDER É UM DELICIOSO FILÉ DE SALMÃO QUANDO NÃO PASSA DE UMA PESCADINHA MUITO DA SAFADA.

9. ATENDENTE DE WHATSAPP

Quando o zap-zap não é coisa de vagabundo

Sim, já existe uma forma de você passar horas no WhatsApp sem ser visto como vagabundo pela família e pelos amigos! E ainda dá para ganhar uma grana. O atendente de WhatsApp é a pessoa contratada por empresas de todos os tipos para responder mensagens de seus clientes ou outros públicos na telinha do celular. Como o WhatsApp se tornou um canal de comunicação cada vez mais rápido e queridinho de todos, o mundo corporativo se rendeu a ele.

Ao contrário do grupo da família, trabalhar com o WhatsApp é coisa séria. Aqui, ninguém fica mandando "bom dia", corrente religiosa ou notícias políticas *fakes*. O atendente de WhatsApp tira dúvidas de clientes, responde reclamações, presta informação. Precisa ter um domínio da língua escrita e uma capacidade sobrenatural de entender o que o povo escreve nas mensagens.

Mais: é uma função de grande responsabilidade, porque você não pode simplesmente mandar um cliente insatisfeito à merda. É a imagem de seu contratante que está em jogo. A grande desvantagem desta profissão é que de tanto passar horas digitando é bem possível que os atendentes de WhatsApp desenvolvam problemas de visão, na coluna e nos dedos, além de perder interesse pelo aplicativo como forma de lazer. O salário pode chegar a R$ 2 mil.

10. ATLETA PROFISSIONAL DE GAMES

O Atari da infância já era

Quem poderia imaginar que uma brincadeira de criança viraria trabalho de adulto? Sim, um atleta profissional de games pode ganhar de R$ 3 mil a R$ 30 mil por mês, somando salário, patrocínios, premiações e participação em direitos de transmissão *on-line* de jogos. Ele negocia contratos com equipes do Brasil e de fora para campeonatos de Fifa Soccer, Counter Strike ou League of Legends.

A vida do jogador eletrônico tem muitas coisas em comum com a de outros esportistas. O ciberatleta treina em um CT (*gaming house*), faz academia e recebe orientação de psicólogo e nutricionista. A profissão exige bom preparo físico e mental, e pelo menos 8 horas diárias de treino. Mas como essa turma – a maioria entre 15 e 25 anos – respira game 24 horas por dia, 8 horas de treino até que são moleza.

O atleta tem até técnico, que estuda os adversários, traça estratégias de jogo e define a função tática de cada membro da equipe. É o ciberprofessor, também chamado de burro quando faz as suas cibercagadas. Grandes times de gamers chegam a atrair um público de 100 mil pessoas para acompanhar a transmissão de um jogo pela internet.

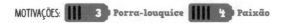

E QUANDO CHEGAR A HORA DE PENDURAR O MOUSE?

A PRIMEIRA GERAÇÃO A VER O VIDEOGAME COMO GANHA-PÃO, HOJE COM MAIS DE 30 ANOS, FUGIA DA ESCOLA E SE TRANCAVA NUMA LAN HOUSE POR ATÉ 12 HORAS, PARA DESESPERO DOS PAIS. ALGUNS VETERANOS AINDA JOGAM, APESAR DA VISÃO MEIO FRACA E DAS DORES DA LER. QUANDO SE APOSENTAM, MUITOS INVESTEM NA TRANSMISSÃO *ON-LINE* DE JOGOS, ATRAINDO FÃS DE TODO O MUNDO E, CLARO, BONS ANÚNCIOS PUBLICITÁRIOS.

11. ATOR

Uma profissão apaixonante, apesar do Lucas Lucco

Então o sujeito está assistindo à novelinha global Malhação e vê uma cena épica entre o cantor Lucas Lucco e a modelo Letícia Birkheuer. Pensa "porra, foi pra isso que eu dediquei anos da minha vida em cursos de arte dramática?". A pergunta costuma voltar à mente em muitas outras ocasiões, quando o ator faz o papel de Galinha Pintadinha na festinha infantil ou quando, numa performance de estátua viva em praça pública, ganha uma singela mijada de um cachorrinho.

Ser ator ou atriz é foda, ainda mais se o sonho (ou ilusão) for trabalhar numa grande emissora de televisão. Mas, como todo artista, o ator dá seu jeito para sobreviver. É uma profissão de gente apaixonada e dedicada. Um ator pode até vir a ficar rico, mas a maioria está condenada a uma vida sem luxo. A pobreza está no DNA de algumas profissões e este é, sem dúvida, o caso do ator.

O campo de trabalho é variado. Além dos já conhecidos teatro, cinema, televisão e do papel de Galinha Pintadinha em festinha infantil, atores podem atuar na publicidade e em eventos do mundo corporativo. Não podemos esquecer ainda os atores marginalizados, como artistas de rua, dublês, figurantes do Zorra Total, a galera do pornô e os participantes do programa Casos de Família, da Christina Rocha.

A internet tem impulsionado a carreira de muita gente. Dos vlogs aos canais do YouTube, atores e atrizes têm descoberto seu espaço. É claro que há um povo muito ruim, tem monólogo pra caralho e outras chatices, mas, para gente talentosa, a web tornou-se uma nova forma de montar um portfólio. Se é para trabalhar de graça, que seja pra você mesmo. Atores também são empreendedores natos, especialistas na arte de passar o pires e não perder um edital.

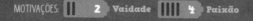

PARA, PARA, PARA!

(DEPOIMENTO DA ATRIZ SOL VEYGA)

Eu até considerei a possibilidade de um curso na Escola de Atores Wolf Maya, mas foi a Escola de Atores de Pegadinha Ivo Holanda que me seduziu. Sou a atriz das câmeras escondidas, das trapaças que fazem a plateia rir. Comecei fazendo a pegadinha da moça que tinha um ataque epilético na rua, espumava toda e, por fim, pedia um dinheiro a quem lhe socorresse para comprar um remédio. Mentira! Isso não era pegadinha, isso era minha vida real. Foi o golpe do Sonrisal que me deu cancha para o trabalho de atriz. O mestre Ivo Holanda apenas me lapidou. Meu primeiro papel de atriz foi o de noiva traída no Teste de Fidelidade do João Kléber. Detalhe: já que eles vendiam a coisa como um caso real, não deixa também de ser um golpe. Ah, o Sonrisal! Não disse que tudo na vida é experiência? Fiz duas ou três participações no Silvio Santos (o ápice de minha carreira) e hoje sou a protagonista de um programa de humor numa TV local de Guarulhos que ninguém vê. Mas quer saber? Que se foda! É minha alma que está lá. Como disse o grande Bertolt Brecht, "melhor que roubar um banco, é ser atriz de pegadinha".

12. BABÁ BACKUP DE PAIS AUSENTES

Ganhe dinheiro amando o filho dos outros

Se você não se importar em usar um uniforme branco que lhe dê a correta dimensão de seu posto, nem de sofrer discriminação social em points exclusivos da riqueza, ser babá pode ser uma excelente profissão, com ganhos mensais que chegam a R$ 3 mil, mais férias e carteira assinada. Mas ser babá vai além de tomar conta de crianças no play para evitar que elas façam merda – e elas adoram fazer merda. Ser babá é ser uma espécie de backup de mães e pais ausentes.

Num tempo em que as mães e pais trabalham demais – eles precisam pagar o seu salário de babá, se esqueceu? –, e nos momentos de folga mantêm uma intensa agenda social em seus smartphones, quem é que vai dar amor e carinho para as crianças? Algumas babás, de tão eficientes neste papel de mães e pais substitutos, acabam se tornando as verdadeiras mães e pais da molecada. Outra competência desejável: participar da reunião de pais e mestres na escola.

Um dos grandes riscos de ser babá backup de pais ausentes é que, como a babá passa grande parte da vida sendo mãe dos filhos dos outros, ela acaba, da mesma forma, terceirizando a criação dos próprios filhos. Por esta razão, é preciso refletir se é isso que você também quer para sua vida. Crianças que só conhecem o amor das babás crescem estranhas e tortas e, num futuro não muito distante, vão fomentar o mercado de trabalho de outro tipo de profissional: o psicólogo. Mas isso já é assunto para outra profissão.

MOTIVAÇÃO: 5 Grana

13. BAILARINA DO FAUSTÃO

Moças talentosas, no pessoal e no profissional

Panicats e afins ganharam destaque em palcos variados da TV brasileira nos últimos anos, acirraram a concorrência, mas o posto de bailarina do Faustão segue soberano. Da função de apenas decorar o ambiente, elas ganharam protagonismo, já têm permissão de falar, fã-clube e hoje são tão vitais ao Domingão do Faustão quanto as videocassetadas. Qual mulher não gosta de dançar? Aliar esse prazer a uma oportunidade de carreira na TV é o sonho de muitas meninas.

Além de saber dançar bem, uma aspirante a bailarina do Faustão deve ter mais de 18 anos, seguir os padrões convencionais de beleza (as feias que desculpem o Faustão!), ter muita disciplina e capacidade de não invejar a amiga mais talentosa que dança ao lado. Mais do que uma profissão, ser bailarina do Faustão pode ser uma escada para um sucesso maior, como apresentar o seu próprio programa na TV (Sabrina Sato começou dançando no Faustão).

De tempos em tempos, o site da TV Globo abre inscrições para recrutar moças para o Balé do Faustão. O ponto negativo é a obrigação de rir de piadas toscas contadas em concursos de humoristas toscos ou das próprias videocassetadas. E sem ganhar adicional por insalubridade.

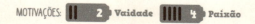

Se nada der certo...

EM 2014, NUMA ENTREVISTA A FAUSTÃO EM SEU PROGRAMA, UMA DAS 265 EX-BBBS EXISTENTES, DA QUAL NÓS, NATURALMENTE, NÃO LEMBRAMOS O NOME, DECLAROU QUE, SE NADA DESSE CERTO EM SUA VIDA, ELA SE TORNARIA UMA BAILARINA DO FAUSTÃO, COMENTÁRIO QUE GEROU REVOLTA NO APRESENTADOR. FAUSTÃO ARGUMENTOU QUE SÃO ANOS DE ESTUDO E MUITA DEDICAÇÃO PARA TAL. SER BAILARINA NÃO É POUCA BOSTA, NÃO! APESAR DE A MÍDIA TER TRATADO O EPISÓDIO COMO UMA GAFE DA EX-BBB, JOÃO PEDRO VESSOTI, CONSULTOR DE CARREIRAS, ENTENDEU A FRASE COMO UMA VALORIZAÇÃO DA PROFISSÃO DE BAILARINA DO FAUSTÃO. "ANTES, QUANDO NADA DAVA CERTO, A PESSOA QUERIA SER O QUÊ? SER *HIPPIE*. *HIPPIE* ERA UMA MARCA VALORIZADA, *TOP OF MIND*", JUSTIFICA. "HOJE, QUANDO NADA DÁ CERTO, AS PESSOAS JÁ PODEM QUERER SER BAILARINAS DO FAUSTÃO. ISTO É UMA CONQUISTA!"

14. BANQUEIRO SOCIAL

Moeda de mentirinha para girar a economia

Já imaginou um banqueiro com escritório na periferia? Sim, banqueiro de banco mesmo, para saque e empréstimo de dinheiro. Esse profissional existe, só que o dinheiro do seu banco não é de verdade, embora tenha tanto valor quanto o Real real. A falta de grana não é mais problema para os pobres. Se não tem dinheiro no bolso, é só criar um.

Este é o negócio do banqueiro social, empreendedor que atua em áreas de alto grau de exclusão e desigualdade social. A administração do banco é dividida com membros da comunidade. Por meio de uma moeda informal, o banqueiro permite a circulação do dinheiro pelos estabelecimentos comerciais e de serviços conveniados. A cabeleireira aceita a moeda local de seus clientes, assim como a usa para comprar frutas no mercadinho ao lado. E, assim, a economia gira.

Bancos comunitários oferecem microcrédito a juros bem mais baixos do que os dos bancos tradicionais. Neste negócio, não importa só o lucro. Até porque muitos dos banqueiros moram ou frequentam a comunidade em que trabalham, sendo beneficiados pela sua prosperidade. O que vale mais é o impacto social da ação.

MOTIVAÇÃO: **1** Idealismo

15. BOMBEIRO

Uma bela profissão cheia de riscos

Se há uma profissão de reputação inabalável, esta é a de bombeiro. Em todos os rankings de admiração, respeito ou credibilidade, lá está ele no topo. Ser bombeiro é o sonho de muitas crianças. Mais: é uma profissão de genuínos altruístas, que botam a própria vida em risco para salvar gente desconhecida em perigo. Por tudo isso, vale muito a pena ser bombeiro. Mas a profissão, além de arriscada, tem outro grande ponto negativo: em muitos lugares, as condições de trabalho são péssimas, com equipamentos velhos ou insuficientes.

Bombeiros podem ser civis ou militares. Apagam incêndios, fazem resgates em enchentes, acidentes automobilísticos e outras tragédias, tiram gatinhos sem noção do topo de árvores, dançam no Clube das Mulheres apenas de capacete e mangueira. Atuam também em brigadas dentro de empresas e como salva-vidas em praias, o emprego que muita gente pediu a Deus.

Um bombeiro pode ser um soldado apenas com ensino médio ou pode ser um oficial graduado em escola superior militar. Para ingressar em uma corporação, testes físicos e psicológicos são exigidos. Para enfrentar tantas situações de estresse e muito traumáticas, força psicológica é fundamental. Ah, e bombeiros não têm horários muito certinhos. É plantão a toda hora, chamados inesperados de emergência. Só por isso já dá para admirar os bombeiros.

MOTIVAÇÕES: 1 Idealismo 4 Paixão

16. BRUXA

Sem maldades ou verrugas no nariz

Não existe feitiço para se tornar bruxa. Com cerca de R$ 2 mil mais RG, CPF e comprovante de residência é possível se inscrever no curso de Bruxaria Natural. Em pouco mais de um ano de aulas, aprende-se, por exemplo, a formar um altar, a montar rituais e a ter noções sobre ervas e poções mágicas. E o mais importante: aprende-se a aproveitar, ao máximo, a energia da natureza a nosso favor.

O curso forma terapeutas com uma visão holística do ser humano, com todas as suas fragilidades e potencialidades. A bruxa é uma agente de educação e mudança para uma melhor qualidade de vida, algo muito buscado por seus seguidores hoje. Enfim, é uma bruxa do bem, gente fina, sem aquele lance de transformar príncipe em sapo, cozinhar criancinha malcriada em seu caldeirão ou indicar o nome de algum inimigo para uma promoção de torpedos ilimitados da TIM.

As bruxas do século 21 são seres evoluídos, sempre em busca de novos conhecimentos, em astrologia, esoterismo, mitologia, terapias alternativas. Um requisito para ser bruxa é ter boa convivência social, pois o trabalho se dá em grupos, geralmente de 13 pessoas (o número dos meses lunares), para rolar uma troca bacana de energia. Homens são bem-vindos. Ah, e não é necessário saber voar em vassouras mágicas.

MOTIVAÇÕES: 1 Idealismo 4 Paixão

17. CAÇADOR DE MOSQUITO DA DENGUE

De olho na larva, para não tomar drible do Aedes

Em 2016, o *Aedes aegypti* ficou ainda mais pop no Brasil. Famoso por transmitir o vírus da dengue, o mosquito ganhou ares de celebridade ao provocar uma epidemia de zika, doença cujo vírus ele também carrega por aí. Mais de 200 mil homens das Forças Armadas foram para as ruas combater o mosquito, prova de que o país é extremamente carente de agentes de saúde para esta função.

Contratado por prefeituras, o caçador de *Aedes aegypti* concentra esforços, na verdade, para eliminar a larva do mosquito. Depois que o *Aedes* fica adulto – livre, leve e solto pelo ar –, é necessária muita agilidade para segurar o danado. O caçador fica igual aos zagueiros do passado tentando parar os dribles de Mané Garrincha.

É fundamental ter visão de super-herói, pois a larvinha é menor que um grão de arroz. A profissão exige paciência para lidar com moradores que resistem em abrir a porta de casa e, acima de tudo, boa relação com a bandidagem, se for trabalhar, por exemplo, em comunidades dominadas pelo tráfico de drogas. Ter feito um curso de Relações Institucionais até ajuda nessas horas.

MOTIVAÇÕES: 1 Idealismo 4 Paixão

18. CAÇADOR PROFISSIONAL DE PRÊMIOS EM CONCURSO

Sorte é para os fracos. Aqui é trabalho!

O que para muitos é apenas tentar a sorte para descolar uma TV nova, para outros é coisa de profissional. A vida de caçador de prêmios em concursos é indicada aos que têm muito tempo livre. É uma ocupação tentadora, afinal tem que tentar muito até ser contemplado. O bom é que há concursos promocionais de todos os tipos. Já reparou que supermercado faz aniversário todo mês e sorteia um monte de coisa bacana?

O caçador de prêmios tem uma rotina intensa. Para vencer, entra em disputas dia sim, dia não, e vive cada concurso como se fosse o último, seguindo o ditado milenar "quanto mais cupons enviar, mais chances terá de ganhar". Outro requisito importante é ter muita cara de pau para cadastrar o nome de parentes e amigos quando há limite de cupons por pessoa. É preciso ainda ter planejamento estratégico, escolhendo as promoções menos divulgadas (e menos concorridas). Experiência em bingos de quermesse e rifas de escola é um diferencial.

OSSOS DO OFÍCIO

Escrever cartas a mão, se sujar com tinta de carimbo, enviar códigos de barras pelos Correios e viver com os braços enfiados em urnas são coisas do passado. A moda agora é cadastrar tudo pela internet, mas isso exige login pra cá, senha pra lá, CPF, endereço completo e tal. Ler regulamento de concurso promocional, para entender as regras de participação, o período de inscrição e as datas de sorteios, é também um pé no saco.

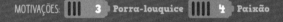

MOTIVAÇÕES: 3 Porra-louquice 4 Paixão

Entrevista: como ser um vencedor

(PEDRO VELOSO, 24 ANOS, EX-DESOCUPADO PROFISSIONAL E ATUAL PARTICIPANTE DE CONCURSOS)

Quantos prêmios você já ganhou?

PERDI A CONTA. MAIS DE 100. JÁ GANHEI CASA, CARRO, VIAGENS, VIDEOGAME, GEORGE FOREMAN GRILL.

Como faz para viver?

VENDO MUITOS PRÊMIOS NO MERCADO LIVRE PARA FAZER UMA GRANA.

Qual o segredo do sucesso?

SOU MEIO DOENTE. VIVO MANDANDO CUPOM PRA TUDO QUE É COISA. CERTA VEZ, PASSEI A MADRUGADA INTEIRA VOTANDO EM UMA FOTO QUE EU TINHA ENVIADO PARA UM CONCURSO CULTURAL. GANHEI, É CLARO. NÃO POSSO PARAR. EXISTEM NO MERCADO DOENTES MAIS DOENTES DO QUE EU.

Qual prêmio ainda não ganhou e deseja tanto ganhar?

O ÁPICE DA VIDA DE UM PARTICIPANTE DE CONCURSO É GANHAR O CAMINHÃO OU O AVIÃO DO FAUSTÃO. ATÉ JÁ SONHEI COM O LUIGI BARICELLI ENTRANDO NA MINHA CASA NUM DOMINGO, AO VIVO, PRA TODO O BRASIL.

19. CANTOR POPSTAR DE YOUTUBE

Você não precisa mais ser filho do dono da gravadora

Antigamente para ser um cantor de sucesso era de bom-tom ser filho do dono da gravadora ou ser amigo pra caralho do filho do dono da gravadora. O mercado musical era fechado e muita gente talentosa não decolou. Cantar no Caldeirão do Huck só com jabá, pagamento feito pela indústria fonográfica aos programas de entretenimento. Com a internet, já é possível fazer o seu vídeo musical caseiramente, postar no YouTube e rezar para que milhões de fãs mandem um joinha para você!

Os caminhos estão mais democráticos, mas não é qualquer um que consegue ser um popstar do YouTube. Mesmo de forma caseira, os vídeos precisam ter o mínimo de qualidade de gravação e produção, e o cantor o mínimo de talento. A música não precisa ser lá essas coisas, porque qualquer funk ruim faz sucesso hoje. É preciso ter muita paciência também, porque, assim como você, outros milhões sonham ser um popstar do YouTube, logo a concorrência é bastante acirrada.

Os cantores famosões de YouTube acabam ganhando visibilidade também na mídia tradicional, tipo na Globo, o que ajuda a potencializar o sucesso. Talvez não seja um bom exemplo, mas o canadense Justin Bieber, que fatura milhões de dólares e arrebata milhões de corações, começou postando covers no YouTube até ser descoberto pelo cantor Usher, que levou o moleque ao *mainstream*. Quer outro exemplo, agora menos tosco? Adele, a talentosa inglesa que bomba no mundo inteiro, só foi descoberta porque postava suas músicas no MySpace.

MOTIVAÇÕES: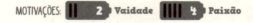

20. CHEF

Vida na cozinha não é tão bela como no GNT

Você é do tipo que adora vestir um avental e ralar a barriga no fogão? Que não desgruda do livro da Rita Lobo nos jantares em família? Legal, já é um primeiro prato, queremos dizer, um primeiro passo para ser cozinheiro, mas até virar chef profissional de restaurante, ainda é preciso preparar muito feijão na vida. O mercado está aquecido, pois o brasileiro está saindo mais para comer.

O salário para iniciantes é baixo (cerca de R$ 2 mil), podendo chegar a R$ 10 mil com uma década de experiência. Hoje, o eixo Sul-Sudeste está meio saturado de mestres-cucas, mas o Nordeste é uma boa opção. O Brasil tem vários cursos de gastronomia, com duração de dois anos. A formação acadêmica é essencial, mesmo que você engorde uns quilinhos durante as aulas.

Um bom chef precisa ser criativo e ter bom relacionamento interpessoal. Cozinha requer trabalho em equipe. Apesar da glamourização da carreira pelos programas de TV, a realidade é estressante e dura. Suportar cheiro de cebola, fumaça, gente gritando e barulho de panela pra todo lado é essencial, principalmente nos horários de pico da fome dos clientes.

MOTIVAÇÃO: 4 Paixão

BAIXA GASTRONOMIA

SER CHEF NÃO É APENAS PREPARAR FILÉ MIGNON GRELHADO COM MOLHO MARSALA, TRUFAS PRETAS E *FOIE GRAS*. EXISTEM DELICIOSAS RECEITAS DE SANDUÍCHE DE PERNIL OU PASTEL DE FEIRA COM CALDO DE CANA QUE FAZEM O MAIOR SUCESSO COM O PÚBLICO. SE É DIFÍCIL PREPARAR UM DIVINO *FETTUCINE* DE PALMITO À CARBONARA DO ALEX ATALA, POR QUE NÃO BUSCAR INSPIRAÇÃO NUMA PALMIRINHA ONOFRE? DEGUSTAR PIMENTÃO RECHEADO COM CARNE MOÍDA PODE SER TAMBÉM UMA ÓTIMA EXPERIÊNCIA GASTRONÔMICA.

21. COACH PARA PRODUÇÃO DE SELFIES

Ajude o povo a sair bem na foto sem despencar do precipício

A arte de fazer selfies (fotos de si próprio) requer técnica para conseguir boas imagens e cuidados para não morrer. Sim, as selfies são perigosas. Matam mais gente do que ataques de tubarão. Segundo o site de tecnologia Mashable, em 2015 foram registradas 12 mortes por selfie no mundo; no mesmo período, oito pessoas perderam a vida por ataques de tubarão.

O *coach* para produção de selfies instrui o autorretratista em relação à posição correta para a foto, não só para enquadrar uma bela paisagem, mas principalmente por uma questão de segurança. A desgraça mais comum motivada pela selfie é despencar de grandes alturas ao buscar o melhor ângulo de si mesmo. Cabe ao *coach* berrar se o fotógrafo chegar à beira de um precipício. Há quem morra por atropelamento. Ou por invadir a jaula do urso para uma selfie rapidinha.

Alguns *coaches* apostam na especialização, adotando metodologias focadas em selfies na frente de espelhos ou em poses com biquinhos sensuais. Outros ganham dinheiro ministrando cursos *on-line*, do tipo "Como fazer selfies sem deixar o dedão aparecendo na frente da câmera" ou "Como não cortar a própria cabeça na foto". Profissionais que ensinam regras de etiqueta para segurar o pau de selfie são muito requisitados no mercado.

MOTIVAÇÃO: 3 Porra-louquice

22. COLONO EM MARTE

Pegou um bode da Terra?
Mude de planeta!

Arrumar um emprego em outra cidade, Estado ou país é a realidade de muita gente. Agora já pensou em mudar de planeta? Se você está de saco cheio da chatice da Terra, que tal um trabalho em Marte? A fundação holandesa Mars One criou um projeto de mesmo nome para levar colonos ao planeta vermelho. Será um grande reality show, tipo um BBM (Big Brother Marte), com 24 participantes e sem o Bial. A seleção começou há algum tempo, mas, como a viagem será apenas em 2026, em dez anos alguém pode desistir, morrer ou optar por participar de A Fazenda, da Record. Fique atento ao site da Catho, porque esta pode ser a grande chance de sua vida.

O trabalho, convenhamos, é meio burocrático. Consiste em coletar umas pedrinhas do solo marciano para pesquisa, plantar batatas para comer no jantar e outras coisas do tipo. Nas horas vagas, dá para ler muito, ouvir sertanejo marciano universitário e fugir de uns meteoritos. O salário ainda não foi revelado, mas se especula que é muito mais do que você ganharia na Terra por décadas.

Algumas características do perfil do candidato a marciano por uns meses: um superequilíbrio psicológico, capacidade de tomar decisões diante de problemas complexos e facilidade em trabalhar em equipe. Mas a principal competência é: não se importar em morrer a partir do 69º dia de missão. Sim, morrer! Com o fim do oxigênio depois de 68 dias, os colonos sofreriam asfixia. Mas o que é uma asfixia diante de uma oportunidade de trabalho tão rara e desafiadora como esta?

Mesmo ficando apenas dois meses e pouco em Marte, será possível economizar uma boa grana e enviar para sua família na Terra. E mais: o planeta vermelho é tão sem graça em termos de pontos turísticos que 68 dias são mais do que suficientes para você conhecer tudo por lá. Lembre-se de que existem pessoas que conhecem 18 países da Europa em duas semanas num pacote da CVC. O quê? Agora você decidiu que quer voltar vivo para a Terra? Porra, mas não era você que estava de saco cheio da Terra? Assim, fica difícil descolar um emprego legal.

MOTIVAÇÃO: 3 Porra-louquice

23. COMENTARISTA PROFISSIONAL DE NOTÍCIAS DE PORTAL

A militância digital chegou para ficar

Os comentaristas de notícias de portal foram seduzidos inicialmente pela possibilidade de ganhar likes. Um comentário cheio de humor relacionado a qualquer tipo de notícia publicada na internet costuma fazer sucesso e gera popularidade a seu autor. Da vaidade para a chance de ganhar dinheiro foi um pulo. Nasceram, assim, os profissionais dos comentários.

Os principais contratantes desse tipo de serviço são partidos políticos, que querem gente para falar bem do partido e mal dos opositores. Os comentaristas podem tanto discorrer sobre questões políticas mais complexas, como se o melhor sistema de governo é o presidencialismo ou o parlamentarismo, como podem partir para meros xingamentos a adversários.

A recente guerra declarada entre petralhas e coxinhas, ou entre esquerdistas e direitistas, que tem na internet um de seus campos de batalha mais ricos, fomentou a criação desta profissão. A militância digital faz hoje parte de estratégias de comunicação política e vai além dos períodos eleitorais. Muitos dos perfis dos comentários são falsos e é difícil saber quanto ganham tais comentaristas. Agências costumam recrutar esses palpiteiros para a guerra.

Apesar de o ofício exigir a redação de textos, não é necessário domínio total da língua portuguesa, uma vez que, na internet, pouca gente entende um texto gramaticalmente perfeito. É até bom errar umas concordâncias. Mais: se você não se importa em saber de onde vem o dinheiro que vai pagar o seu salário, ser um comentarista político de internet pode ser uma profissão desafiadora.

24. CONDUTOR DE DRONES

Esse papo de aviãozinho agora é coisa séria

Com o aumento do número de drones no Brasil, uma espécie de aviãozinho não tripulado, inclusive com regulamentação para sua utilização, nasceu a atividade. O condutor ou piloto de drones é a pessoa responsável por controlá-lo remotamente e, por mais que isso pareça brincar de aeromodelismo, trata-se de uma função de grande responsabilidade, porque o drone é um equipamento caro e, se uma merda desta cai durante um voo, o prejuízo será grande.

Além de habilidades básicas com o controle remoto – decolagem, pouso, direcionamento do drone e sua estabilidade no ar –, o condutor precisa ter competências ligadas à finalidade de seu uso, da produção de imagens aéreas para uma cobertura jornalística à aplicação de pesticidas na lavoura. O uso de drones é tendência em diversos segmentos da economia. O Habib´s, por exemplo, já planeja entregas aéreas em até 8 minutos ou o cliente não paga a esfiha.

Os cursos para formação de condutores de drones têm aumentado no Brasil e incluem do conhecimento da legislação aérea a noções de meteorologia, além das aulas práticas.

MOTIVAÇÕES: 4 Paixão 5 Grana

25. CONSELHEIRO DE APOSENTADORIA

Curtindo a velhice adoidado

Nenhum ser humano, quando para de trabalhar, quer morar de aluguel num apê xexelento ou depender do SUS pra cuidar da hemorroida. Aposentado quer uma vida confortável, com grana no banco, sem precisar apelar ao crédito consignado toda vez que for ao bingo. Planejar um futuro sem sufoco é trabalho do conselheiro de aposentadoria.

Cursos estão sendo criados na área, com foco em finanças e gestão de recursos humanos. Acredita-se que, em 2020, haverá gente atuando no mercado com diploma. Se existem especialistas em planejar carreiras profissionais, por que não existir o especialista em cuidar do pós-carreira? Este planejamento começa quando o cliente ainda está ralando no trabalho.

O conselheiro será um amigão para resolver questões burocráticas da aposentadoria (a Previdência Social tem regras pra caramba). Ele vai orientar o cliente a poupar e investir sua grana (PGBL, VGBL, LGBT?), a contratar um bom plano de saúde e, por que não?, a curtir a vida adoidado na velhice, com dicas de viagens e táticas infalíveis para ganhar no bingo. Outro caminho é assessorar os velhinhos que desejam seguir na ativa depois da aposentadoria. É a missão de planejar carreiras no pós-carreira.

26. CONSTRUTOR DE JARDIM VERTICAL

Por mais verde e menos concreto

Em um futuro não tão distante, será mais comum encontrar jardineiros escalando paredes ou em cima de andaimes de prédios do que com os pés na terra. Este é o trabalho do construtor de jardins verticais, uma realidade no Brasil. O jardineiro-alpinista monta a estrutura para acomodar a vegetação (geralmente com placas modulares) e o sistema de irrigação, planta e faz a manutenção.

É um mercado que tem crescido com o apoio de empresas privadas e do poder público. Jardins trazem beleza, cores e um pouco de alívio em meio a tanta poluição. As cidades precisam respirar, coitadas! ONGs são um bom campo de atuação. Necessário entender de jardinagem, urbanismo e, claro, não ter pânico de altura.

MOTIVAÇÕES: **1** Idealismo **4** Paixão

Crie galinhas pertinho do céu

ESTIMA-SE QUE, EM 2050, HAVERÁ QUASE 10 BILHÕES DE PESSOAS NO MUNDO. MUITA BOCA PRA POUCA COMIDA, AFINAL AS ÁREAS RURAIS NÃO DARÃO CONTA DE NOSSA FOME. COMO ALIMENTAR TANTA GENTE? UMA SAÍDA É CULTIVAR ALIMENTOS NOS CENTROS URBANOS, FUNÇÃO DO FAZENDEIRO VERTICAL.

NO BRASIL, ALGUNS PRÉDIOS JÁ TÊM HORTAS EM SUA COBERTURA. QUANDO BATE A LARICA, MELHOR TER UMA PLANTAÇÃO DE BATATA NA LAJE DO QUE UMA ANTENA DA SKY. ESSE CAMPO DE TRABALHO ATRAI PESSOAS COM FORMAÇÃO EM AGRONOMIA E ARQUITETURA, MAS ESTÁ ABERTO A QUALQUER INTERESSADO EM TRANSFORMAR O CONCRETO DOS EDIFÍCIOS EM FAZENDAS MEGAPRODUTIVAS, COM DIREITO ATÉ A CRIAR GALINHAS.

27. CONSULTOR EM QUALIDADE DE VIDA

Que tal ser um provedor de soluções antiestresse?

Não existe ambiente de trabalho saudável com gente reclamando do chefe, do salário, da falta de tomada para carregar o celular. Gente com dor nas costas, dor de cotovelo, gente com cara de segunda-feira em plena sexta-feira. Quando o ambiente na firma adoece, e com ele as pessoas, é preciso contratar um consultor em qualidade de vida. O profissional avalia o climão organizacional, vê as necessidades dos estressados e propõe atividades para aliviar a tensão do dia a dia.

Já pensou num saco de boxe pendurado na sala do RH, para que os colaboradores liberem sua raiva na porrada? A pessoa pode até imaginar a cara do chefe no saco, como um Judas em Sábado de Aleluia, mas não precisa contar isso a ninguém. Espalhar pufes pela empresa para descanso, sessões de ginástica, massagem e aulas de teatro são outras atividades bacanas para envolver a turma do saco cheio.

Embora a maior parte das demandas seja do mundo corporativo, o consultor pode atuar na casa das pessoas também. Passar horas deitado no sofá vendo TV, se afundar no trabalho doméstico e esquecer a família ou se irritar com o cachorro do vizinho que não para de latir não são hábitos saudáveis. Uma caminhada pelo bairro, a leitura de um bom livro e um papo animado em família são dicas que ajudam a trazer mais qualidade de vida. Eis a missão do consultor.

28. CONSULTOR TOP DE BOLSA DE VALORES

Endinheirados preferem humanos a robôs

Especula-se no mercado financeiro que a carreira de consultor top de Bolsa de Valores está em alta. A maioria dos negócios com ações de empresas é feita pelo pregão eletrônico – sistema de internet oferecido pelas corretoras que permite ao investidor receber dicas, escolher, comprar e vender ações até de casa –, mas há demanda por profissionais qualificados que orientem o pessoal endinheirado a não fazer besteira na Bolsa.

"O computador não reclama de dor nas costas, não pede férias, nem exige plano de carreira, mas é incapaz de analisar de forma subjetiva todo o mercado de ações, por isso a presença do consultor é importante", explica o economista Marcelo Broker. "Sem dizer que o bem-bolado financeiro para ganhar um dinheirão da noite para o dia é ainda arte dos humanos."

O consultor top de Bolsa não tem nada a ver com o antigo operador, que mais parecia uma deusa hindu com dez braços para segurar tantos telefones. Uma deusa hindu que gritava no pregão, toda esbaforida. Consultor é estrategista. No entanto, por dever de estar sempre atento ao sobe e desce da Bolsa e ser infalível em suas recomendações, tem um nível de estresse tão grande que não vai estranhar se enfartar aos 50 anos. Se sobreviver para estranhar, é claro.

29. CONSULTORA DA JEQUITI

Ganhe a vida vendendo um Portiolli Black Edition

Ser consultora da Jequiti é um upgrade na vida de revendedora da Jequiti. Para que um tradicional bico para aumentar a renda se transforme em profissão, precisa-se ir além da revenda de produtos. Ser consultora é criar uma relação com os clientes, descobrir suas necessidades, sugerir cosméticos e perfumes para o perfil de cada pessoa.

Para isso, é necessário dedicar muito tempo ao trabalho e dominar o catálogo da empresa de cabo a rabo. Você sabia que a Jequiti tem uma linha especial de colônia do Celso Portiolli? Conhecer a diferença entre um Portiolli Classic Blue e um Portiolli Black Edition é fundamental para uma carreira de sucesso. O mesmo serve para quem atua com Avon, Mary Kay, Herbalife.

O mercado de venda direta no Brasil está aquecido. Apesar da grande concorrência, quem for capaz de criar uma clientela fiel pode faturar uma boa grana por mês. Experiência anterior na venda de Yakult de porta em porta, empurrando carrinho por calçadas esburacadas, agrega valor ao currículo da consultora.

Um requisito importante é não ser chata no contato com os clientes. Ao chegar à casa de alguém, identifique-se de forma clara, para não ser confundida com uma testemunha de Jeová. Essencial não ter medo de cachorro bravo.

30. CURADOR DE ARTE

Convoque Picasso e outros para a sua seleção

Dizem que todo brasileiro é um pouco técnico da seleção de futebol, escolhendo seus jogadores preferidos. Ser curador de arte tem lá suas semelhanças, afinal é este o profissional que convoca artistas para uma exposição. Que tal uma defesa formada por Gauguin e Van Gogh? Um Matisse de líbero? Um Toulouse-Lautrec comandando o meio? E um ataque com Monet e Cézanne? Uma bela seleção pós-impressionista!

O curador planeja e monta mostras de arte em museus, galerias e centros culturais. A carreira está em alta no Brasil. Empresas privadas têm criado fundações de cultura, com espaço para exposição. O público tem despertado para as artes plásticas, com o empurrão das mostras blockbusters e suas longas filas na entrada. Tudo bem que muita gente só vai pra fazer selfie na frente de um Picasso ou apreciar um Dalí pela tela do celular, mas vai.

Ser curador de arte exige entender de arte, é claro, mas também de gestão, de negociações, de logística. O amante da arte pode se especializar em administração. O administrador pode estudar arte. É um mercado aberto a todos. O salário para iniciantes parte de R$ 2 mil em centros culturais mais modestos. Importantes galeristas pagam até R$ 20 mil por um curador experiente, tipo um Telê Santana das artes, com direito a adicional por insalubridade para os curadores que precisam escutar os artistas mimados do momento explicando a sua própria obra.

31. DEGUSTADOR DE CERVEJA

Se beber, não dirija, trabalhe

É o profissional que pode e deve tomar vários copos de cerveja no trabalho e não fica malvisto na firma. Também chamado de *sommelier*, o degustador não é um simples avaliador da qualidade da bebida. Ele cria cartas de cerveja em restaurantes, dá dicas para combinar (harmonizar, para os chiques) cervejas e alimentos, sugere o tipo mais adequado para cada consumidor em bares e lojas especializadas e ajuda no desenvolvimento de produtos em cervejarias.

Cursos com duração de três meses formam degustadores iniciantes (se o aluno conseguir parar de pé para pegar o diploma). Após a ressaca dos estudos, o calouro terá que virar muitos copos até ganhar experiência e uma boquinha como profissional. O salário parte de R$ 3 mil. Ser degustador não requer apenas o gosto por beber. É necessário ter um paladar apuradíssimo para distinguir sabores e aromas e uma vasta cultura cervejeira – conhecer a história da bebida, processos de produção e as razões científicas de tomar Kaiser e ficar com uma dor de cabeça dos diabos.

Uma vantagem da carreira é o crescimento das cervejarias artesanais no Brasil, novo campo de atuação. E mais: cerveja é um excelente diurético para reduzir a formação de pedras no rim, segundo um site médico que acabamos de consultar no Google. Há, porém, fatores negativos. Um deles é sempre depender de carona ou transporte público ao deixar o trabalho para não ser pego numa blitz da Lei Seca. Outro é precisar correr ao banheiro várias vezes ao dia, afinal esse lance do diurético dá também uma puta vontade de mijar.

32. DELIVERY FAZ-TUDO

A evolução do motoboy da pizza

O delivery está dominando o mundo. Restaurantes, supermercados, farmácias, floriculturas, pet shops e tantas outras empresas usam a entrega em domicílio para atender clientes que fazem compras ou contratam serviços por telefone ou pela internet. Como os motoboys clássicos já não dão conta de todo o trabalho, há espaço para o delivery faz-tudo, profissional que usa o próprio carro para ser um entregador autônomo.

Motoboy pode ser expert em levar pizzas, mas não consegue entregar o volume de compras do supermercado *on-line*, principalmente se o consumidor for um gordinho bom de garfo. O cachorro que foi tomar banho no pet shop também não pode voltar para casa na garupa da moto, mesmo usando capacete. O ideal é o delivery faz-tudo ter uma van para as entregas, com adaptações ao tipo de produto. E sem misturar cachorros com flores. Ou gatos com marmitex.

Não basta ser rápido. A qualidade do serviço é fundamental. Se o cliente já olha torto para o entregador quando percebe o extravio de uma azeitona de um pedaço para outro da pizza (há muitos buracos nas ruas, e as azeitonas não usam cinto de segurança), imagine o barraco que vai rolar se você perder um documento importantíssimo de uma empresa?

FOODIDA DEMOCRATIZA O DELIVERY

NOS ESTADOS UNIDOS, HÁ UM APLICATIVO DE COMIDA *ON-LINE* QUE PERMITE AO USUÁRIO ENTREGAR A UM VIZINHO, POR EXEMPLO, O PEDIDO DELE. É O FOODIDA, UMA COMUNIDADE COLABORATIVA. A PESSOA ABRE O APP, VÊ SE ALGUM CONHECIDO PEDIU UM SANDUÍCHE EM UMA LOJA, VAI ATÉ LÁ, RETIRA O PEDIDO E FAZ A ENTREGA. O QUE GANHA COM ISSO? DINHEIRO. OU CRÉDITOS PARA CONSUMO NA LOJA.

TEM GENTE QUE VIVE COM O APLICATIVO LIGADO, VASCULHANDO PEDIDOS ATÉ DE DESCONHECIDOS. O FOODIDA PRIMA PELA CONFIANÇA. COMO LOJAS DE *JUNK FOOD* SÃO COMO ERVA DANINHA POR LÁ, SEMPRE VAI TER UMA ENTREGA A FAZER. SÓ EM SAN FERNANDO VALLEY, HÁ 32 SUBWAYS, 24 STARBUCKS E 22 MCDONALD'S NUMA ÁREA DE 12 QUILÔMETROS QUADRADOS. É UM GIGANTESCO DELIVERY DE GORDURA TRANS. A IDEIA DEVE CHEGAR AO BRASIL EM BREVE.

33. DESENVOLVEDOR DE APLICATIVOS

Para quem não é um Zé Mané em tecnologia

O mundo está cheio de smartphones que estão cheios de aplicativos pra tudo que é finalidade e o mundo também está cheio de pessoas cheias de ideias de criar outros muitos aplicativos. Logo, a profissão de desenvolvedor de apps, que até alguns anos atrás não existia, tornou-se um campo fértil de trabalho. Existe uma fome diária por novos aplicativos, principalmente para celulares. Se não rolar uma novidade, parece que a brincadeira perde a graça. Tipo casamento, sabe?

E o que é preciso para se tornar um desenvolvedor de apps? Basicamente ter uma formação de programador, como conhecer os sistemas operacionais. Muita gente aprende o ofício estudando por conta própria – há muito material disponível na web – ou fazendo cursos rápidos, presenciais ou a distância. Se você não for um completo Zé Mané em tecnologia vai aprender rapidinho.

Um desenvolvedor pode trabalhar tanto para empresas de tecnologia que oferecem esses aplicativos aos usuários como trabalhar por conta e botar suas inovações em lojas como da Apple ou do Google. Nesse caso, além das competências técnicas, é preciso conhecer o mercado para descobrir as soluções interessantes ainda não disponíveis e, claro, ter criatividade. Os salários variam bastante – um iniciante pode ganhar menos de R$ 1 mil enquanto que os tops da área podem receber em torno de R$ 15 mil por mês.

APLICATIVOS CRIATIVOS QUE AINDA NÃO FORAM INVENTADOS E QUE PODEM SER DESENVOLVIDOS POR VOCÊ

RICARDÃOMAPS — O corno chega em casa, bate na porta e grita lá de fora para a esposa: "abre essa porra que já sei que seu amante está aí". Correr para o armário é muito *old school*. A questão é: como fugir? Com suporte de satélites, o aplicativo RicardãoMaps indica rotas de fuga estratégicas e seguras que evitam qualquer tipo de constrangimento ou, em alguns casos, até mesmo a morte. Ele é programado para operar em vários idiomas e avisa se é necessária uma fuga urgente só de cueca, ou se dá tempo de botar uma calça e uma camisa.

RUMOSEARCH — Já teve aquela sensação de estar sem rumo na vida? Não sei se faço uma pós em alguma coisa que eu ainda não sei o que é na Europa (ou na USP) ou se mudo o corte de cabelo? Este aplicativo de busca faz um mapeamento de ideias confusas da mente do usuário e dá uma resposta de caminho a seguir. Aplaca tamanha aflição. O RumoSearch não dá garantias de que o caminho será bom, mas só de acabar com as dúvidas já é um bom caminho.

FAKEHAPINESS — Aplicativo para o Facebook sinaliza se a foto feliz que alguém postou é verdadeira ou se é tudo fingimento para a sociedade. Com a informação de que se trata de uma felicidade real, você pode curtir a imagem tranquilamente e fazer um comentário igualmente verdadeiro. Sabendo que é uma alegria falsa, você deixa quieto. Sem tantos likes, você ajuda o coitado que postou a foto a fazer uma reflexão sobre a sua vida e parar de enganar o mundo e a si próprio.

34. DESENVOLVEDOR DE GAMES

Craque em Exatas, craque em Humanas

Enquanto houver um garoto ou uma garota – ops, adultos também – com chances de se tornar um viciado em Pokémon GO, haverá emprego para os desenvolvedores de games. E o bom é que, nesse caso, ninguém é condenado por apologia a nada! A coisa é tão séria que existe até curso superior. Mas se engana quem acha que game é só entretenimento para virar a madrugada acordado. Existem jogos digitais específicos para educação de jovens em escolas e até para treinamentos em ambientes corporativos.

O desenvolvedor de games vai da programação até a roteirização dos jogos. Uma parte bastante especial é a do design, tanto que os profissionais são conhecidos também por designers de games. Além de trabalhar para empresas desenvolvedoras de games para diferentes plataformas, smartphones, tablets e computadores – e estas empresas aumentam sempre –, há campo de trabalho também em agências de publicidade, com trabalhos de animação, por exemplo.

Desenvolver games não é para o bico de qualquer mortal. Além de criatividade e dons artísticos, é preciso ter ótimos conhecimentos de Matemática e Física. Imagine uma pessoa craque em Exatas e Humanas ao mesmo tempo! Sim, esta é a pessoa que cria games! A combinação de um perfil que exige muitas competências com um mercado consumidor em crescimento pode ser de ótimos rendimentos.

35. DESIGNER DE MODA
Muito mais que as passarelas

Todos querem ser o estilista badalado da grife badalada, e receber, ao fim do desfile badalado, ao lado da badalada Gisele Bündchen, os aplausos eufóricos do público da badalada São Paulo Fashion Week. Mas, assim como estudar jornalismo não significa que você vai ser um repórter da Globo, estudar moda não quer dizer que você será um estilista famosão. O mercado é amplo e tem várias outras frentes de trabalho importantes, da produção de eventos à consultoria de moda.

Na indústria têxtil, o profissional pode ainda atuar na gestão do negócio, da compra da matéria-prima até a definição de estratégias de marketing e venda das linhas de produtos, além da contratação da mão de obra, desde que não sejam pobres bolivianos escravizados (viu, Zara?, viu, Renner?). O estilismo (desenho de roupas) e o design de joias e acessórios, no entanto, ainda têm grande poder de atração sobre os mais jovens, por serem trabalhos ligados à criatividade.

E se moda é igual ao iPhone, está sempre se atualizando, o profissional da área precisa ser superantenado nas tendências mundiais. Trabalhar com moda é ser um curioso, um desassossegado. Apesar de a profissão estar muito ligada a glamour, há muita ralação, Semana de Moda do Brás quando você gostaria que fosse a Semana de Moda de Paris e outros perrengues mais. Mas aqui até os perrengues têm uma certa elegância.

MOTIVAÇÕES: 2 Vaidade 4 Paixão

36. DIGITAL INFLUENCER

Como influenciar pessoas teclando de pijama

O *digital influencer* é uma espécie de blogueiro que deu certo ou o blogueiro que ganha dinheiro. O formador de opinião do mundo digital é a pessoa que consegue, tal qual um líder messiânico, juntar uma caralhada de seguidores e produzir um conteúdo relevante a este público. E o melhor: pode, em muitos casos, fazer isso de pijama, sem sair de casa.

O canal pode ser uma rede social, o YouTube ou qualquer outro. Os *digital influencers*, geralmente jovens, ganham uma grana boa para publicar este ou aquele post. O valor varia de acordo com o poder de influência de cada um.

Em tese, qualquer pessoa poderia ser *digital influencer*, correto? Errado! Não é uma simples questão de abrir uma conta no Instagram e sair produzindo qualquer coisa. Um líder a ser seguido tem algo realmente interessante ou diferente a oferecer. Popularidade se conquista, principalmente, quando se tem talento e criatividade. E paciência para a coisa dar certo.

Não confunda também poder de influência com fama. Fama tem a ver com o reality show de televisão. E por mais que os *digital influencers* estejam bombando na web, o dinheiro costuma estar no tradicional mundo corporativo, interessado em patrocinar tais influenciadores.

37. DOADOR TOP DE SÊMEN HUMANO

Que porra de carreira é essa?

Vender "espermatozoide *premium*" para o crescente mercado da reprodução assistida será uma ocupação para poucos e bons. O Brasil ainda proíbe o comércio de sêmen humano, mas isso pode mudar num futuro breve, a exemplo do que já ocorreu nos Estados Unidos. Lá, o doador top de sêmen precisa ter uma série de habilidades físicas, psicológicas e intelectuais para garantir aos pais que pagam caro por uma inseminação artificial a chegada de bebês geneticamente perfeitos. Não é uma profissão para *loosers*.

Ser jovem, bonito, forte, com mais de 1,80 m de altura, esportista, sem vícios com álcool, cigarro, Fanta Uva e outras drogas, sem histórico de desgraças genéticas na família, inteligente, fluente em idiomas, culto, apreciador de hobbies da elite e bem-humorado são alguns dos requisitos. Se você não cumpre as mínimas exigências para ser um garanhão de luxo, nem pense em bater uma punhetinha num pote e levá-lo a um banco top de sêmen, ok?

UM LONGO CAMINHO

Ser aprovado como um doador top de sêmen humano é mais difícil do que passar em primeiro lugar em Medicina numa universidade pública. Até chegar à sala da coleta, o candidato enfrenta várias etapas. Além de cumprir os requisitos já descritos, ele terá de passar por exames médicos, testes psicológicos e entrevistas que farão uma devassa em sua vida, desde a infância até a fase adulta. Dizer que, quando criança, você fazia xixi na cama pega súper mal na avaliação. Confessar que já "matou" várias vezes a avó para faltar ao trabalho, então, é eliminação certa.

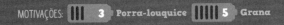

Cenário atual X cenário futuro

Hoje, no Brasil, os bancos de coleta não pagam nada pelo esperma alheio, sobrevivendo graças à boa ação de alguns homens. Não há lei sobre o tema, apenas uma resolução do Conselho Federal de Medicina que veta o comércio e a identidade do doador. O dono da porra é apenas um número – 2237, 3102, 4008 – e tem a dura missão de ejacular diretamente num pequeno frasco, apenas com o estímulo de edições antigas da revista Sexy.

No futuro, quando o Brasil liberar o comércio de sêmen humano, será possível fornecer o material para laboratórios top, que vão coletar e vender porra top de doadores top para clínicas de reprodução top com clientes top. E o melhor: na hora da coleta, o profissional será animado por nudes de Kim Kardashian e filmes com belas atrizes do Leste Europeu.

A profissão nos States

Nos Estados Unidos, onde a carreira de doador top de sêmen humano com fins lucrativos é permitida, laboratórios buscam candidatos por meio de anúncios de emprego fixados em murais das escolas mais renomadas do país, como Harvard, Columbia, Princeton e Yale. Estudar em uma delas é atestado de inteligência e garantia de produção de espermatozoides geniais.

38. DOG WALKER

Só no rolezinho

A vida moderna levou as pessoas a morarem em apartamentos cada vez menores. A vida moderna levou as pessoas a terem mais animais de estimação do que filhos em seus minúsculos apês. A vida moderna levou as pessoas a trabalharem tanto que mal conseguem dar um rolezinho com seus pets na varanda gourmet. Mas a cachorrada precisa correr, cagar, mijar e dar um cheirinho no fiofó dos amigos de quatro patas. Desse impasse da vida moderna nasceu a profissão de *dog walker*, o passeador de cães.

É possível ter o próprio negócio com baixo investimento financeiro, afinal o seu escritório será a céu aberto. O principal custo inicial é comprar um bom tênis. Caminhar com animais também faz bem para o corpo e a mente. Não é só o cão que queima gordurinhas; o *dog walker* também, sem gastar com academia. A companhia dos pets é divertida. E, cá entre nós, a cachorrada é muito mais gente boa do que muita gente por aí.

O lado não tão bom é que, para conciliar horários de passeio ou atender clientes com vários pets, o *dog walker* é obrigado a desfilar pelas ruas com quatro ou cinco cães ao mesmo tempo. É um tal de guia de coleira se enroscando, é limpar o cocô de um animal enquanto o outro está mijando, é puxão pra cá, puxão pra lá. Nessas horas, é a cachorrada que leva o *dog walker* para passear.

ALGUNS REQUISITOS

1. Gostar, claro, de bicho (alguns passeadores chegam a conversar com os cães).

2. Conhecer o comportamento de cada raça para que não role estresse no passeio.

3. Ter preparo físico de carteiro: o trabalho pode chegar a horas e horas de cãominhada ao dia (pedimos desculpas pelo trocadilho infame, mas não resistimos).

4. Não se importar em trabalhar em dias de sol forte ou chuva. Cachorros não estão nem aí para as mudanças climáticas.

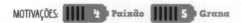

CIDADE LIMPA

ASSIM COMO OS ARTISTAS DE RUA, OS CÃES TAMBÉM ADORAM FAZER UMA INTERVENÇÃO URBANA. A ÚNICA DIFERENÇA É QUE A ARTE CANINA CHEIRA MAL E, ÀS VEZES, É MEIO PASTOSA, PODENDO SER PISOTEADA POR PEDESTRES DESAVISADOS. POR ISSO, O *DOG WALKER* PRECISA ESTAR ATENTO ÀS OBRAS DE SEUS COMPANHEIROS E TER SEMPRE UM SAQUINHO PLÁSTICO POR PERTO. NÃO É CENSURA À ARTE DA CACHORRADA. É O DEVER DE MANTER A CIDADE LIMPA.

39. DONO DE FOOD TRUCK

O carrinho de comida ficou chique

A popular venda de comida de rua ganhou motor, rodas, faróis. E um toque gourmet. É o food truck, uma espécie de restaurante itinerante. Comum nos Estados Unidos e na Europa, o conceito chegou ao Brasil em 2012. Como muitas cidades ainda discutem regras de implementação do negócio, o food truck pode ser considerado inovador. Ser dono de um vai além de ter uma van bonitinha. É preciso entender da gestão de restaurantes, um conhecimento nada itinerante.

Entrar no negócio requer uma graninha guardada. O investimento parte de uns R$ 60 mil, podendo chegar a R$ 200 mil, dependendo do tamanho do carro, das adaptações necessárias, dos equipamentos, da pintura da lataria e outras frescuras. Outro requisito é conhecer bem as regiões onde atuará e qual tipo de comida é mais adequado ao seu público. Se você é expert em churrasquinho de carne de porco, não vá parar seu carro em um bairro cheio de judeus.

Atenção à burocracia

ABRA UMA MICROEMPRESA. É NECESSÁRIO TER AUTORIZAÇÃO DA PREFEITURA (NÃO SE PODE PARAR O VEÍCULO EM QUALQUER QUEBRADA), DOS BOMBEIROS (VAI QUE EXPLODE UM BOTIJÃO DE GÁS E A VIZINHANÇA SAI PELOS ARES), DA VIGILÂNCIA SANITÁRIA (COMIDA DE RUA NÃO SIGNIFICA COMIDA COM MELECA DO NARIZ DO CHEF) E ATÉ DO DETRAN (SEU RESTAURANTE É UM VEÍCULO E DEVE RESPEITAR AS LEIS DE TRÂNSITO). PODE-SE ESTACIONAR EM PRAÇAS, CALÇADAS, VAGAS DE ZONA AZUL E ESPAÇOS PRIVADOS, DESDE QUE NÃO ATRAPALHE A CIRCULAÇÃO DE PESSOAS E ANIMAIS, NÃO NECESSARIAMENTE NESTA ORDEM.

Os prós e contras da profissão

PRÓS:

1. Não há a necessidade de ter um ponto comercial e ser esfolado por um aluguel caro.
2. Restaurante sobre rodas é coisa moderna. Não vivemos a era da mobilidade?
3. É possível participar de feiras gastronômicas, um tipo de praça de alimentação a céu aberto, quando um food truck estaciona ao lado de outro.
4. Ao contrário dos motoristas do Uber, que sofrem violência de taxistas, os donos de food truck ainda não apanham dos donos de restaurantes e ambulantes convencionais.

CONTRAS:

1. Como já virou modinha nas grandes cidades, a concorrência aumentou. E o espaço nas cidades é limitado.
2. Trabalhar na rua é estar sujeito a sol, chuva, muita chuva, alagamentos, frio, buzina de ônibus e a fumaça dos carros bem na sua cara.

40. DONO DE LOJA FRANQUEADA

Você também pode ser um micoempresário

Franqueado, em sua essência, é um profissional bipolar. Ora seu sangue empreendedor ferve nas veias, ora ele valoriza a segurança do emprego. Para conciliar as duas coisas, vira dono do próprio negócio, mas tendo por trás o suporte da rede franqueadora. Tipos comuns da área são os cansados da vida de assalariado, os que detestam o chefe, e o filho inútil que acabou a faculdade, não arranjou emprego, então o pai lhe deu a operação de uma franquia de presente.

O sucesso vai muito além de uma marca forte. É crucial obedecer a regras, e estar focado no negócio, com a barriga no balcão, dia a dia, ralando. Gostar de lidar com gente, esse bicho tão adorável e estranho, é imprescindível. Aviso aos ansiosos: o retorno do investimento é lento (dependendo da marca pode chegar a três anos). Enquanto isso, as contas a pagar vão continuar batendo em sua porta.

Em contrapartida, representar uma marca já testada no mercado passa uma segurança de não estar entrando em um campo totalmente minado. Poder usar o conhecimento da rede e seguir suas orientações são essenciais para os marinheiros de primeiro negócio próprio. Existem franquias para todos os perfis, gostos e bolsos.

MOTIVAÇÃO: 5 Grana

SAIBA ESCOLHER SUA FRANQUIA!

SE VOCÊ ODEIA ACORDAR CEDO, NEM PENSE NUMA LOJA DE ALIMENTAÇÃO, PORQUE VOCÊ TERÁ DE IR TODO DIA AO MERCADO DA CIDADE COMPRAR LEGUMES E VERDURAS FRESQUINHAS, LÁ PELAS 5 DA MANHÃ. SE VOCÊ NÃO CURTE TRABALHAR AOS SÁBADOS E DOMINGOS, QUALQUER FRANQUIA NUM SHOPPING CENTER SERÁ UMA ROUBADA. AH, E JAMAIS ESCOLHA UMA MARCA APENAS PORQUE VOCÊ A CURTE BASTANTE COMO CLIENTE. A EXPERIÊNCIA DE VENDER É TOTALMENTE DIFERENTE DA DE COMPRAR.

41. EDUCADOR PARA CONSUMO CONSCIENTE

Se merdas acontecem, que tal evitar?

Ser sustentável não significa apenas consertar as merdas feitas. É preciso evitar as merdas. O educador para consumo consciente ajuda a tornar nós – seres humanos fazedores de grandes merdas – amigos do planeta, evitando estragos. A questão não é apenas fazer a gestão do lixo que produzimos, por exemplo. Precisamos parar de gerar lixo. Precisamos parar de comprar produtos que têm uma embalagem plástica dentro de outra embalagem plástica maior dentro de outra embalagem plástica maior que a maior. Precisamos consumir água e energia com moderação.

Os educadores para consumo consciente podem ser contratados por empresas privadas, ONGs ou por governos. Levam informação e conhecimento a trabalhadores, estudantes, comunidades. Além de ensinar como consumir de forma mais consciente, eles ensinam como replicar esse conhecimento a outros grupos de pessoas. É um multiplicador de coisas boas. Alguns profissionais cuidam do planejamento de estratégias ou formatação destes cursos de orientação.

Gente engajada e que acredita de fato no propósito de um mundo melhor é a mais indicada para esse tipo de trabalho. Não adianta alertar que a água está acabando no mundo numa palestra pela manhã e, à tarde, lavar todo o quintal de casa. Outra característica importante deste educador é o poder, não de convencimento, mas de envolvimento das pessoas nas mudanças de hábitos. A profissão está muito ligada a questões ambientais, mas passa por outras áreas, como ciências sociais e até psicologia. Para um consumo consciente, pode educar sem moderação.

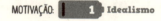

MOTIVAÇÃO: 1 Idealismo

42. EMPRESÁRIO DO RAMO GEEK

Faça uma grana sendo esquisitão

Os geeks, assim como os *gremlins*, se multiplicam aos montes por aí. Nunca tanta gente assumiu ser fã de histórias em quadrinho, jogos eletrônicos, séries de TV e filmes de super-heróis. Geek é uma espécie de nerd do século 21, mais tecnológico e antenado na cultura pop. É um público que consome tudo o que é bugiganga desse universo, o que levou outros geeks, que de bobos não têm nada, a perceberem nesse movimento uma oportunidade de negócio.

Um investimento interessante na área é ter um site de comércio eletrônico de produtos geek. É possível vender camisetas, canecas, bonecos, presentes malucos. Organizar eventos, como um encontro de Wolverines em crise existencial ou uma maratona de Atari de 72 horas sem dormir, é outra dica. Já existe no Brasil até bar temático, com espaço para palestras e jogos.

Ser empresário do ramo não o obriga a ser um geek, embora seja fundamental conhecer o gosto dessa turma. É um mundo mágico e contagiante. Em alguns dias, você ficará craque em jogos de RPG sobre monstros de planetas distantes. Em algumas semanas, vai conhecer os personagens de olhos grandes dos animes japoneses. Em alguns meses, já estará indo trabalhar fantasiado de Chewbacca, de Star Wars, ou Superman, com uma cueca apertada em cima da calça. Super *hype*!

MOTIVAÇÃO: llll 4 Paixão

43. ENGENHEIRO BOMBRIL

Engenheiro atua em mil áreas e até como engenheiro

Profissional com mil e uma utilidades, o engenheiro corre menos riscos de ficar sem emprego. Tem engenheiro atuando no mercado financeiro, na administração de empresas, na área tecnológica e, acreditem, até como engenheiro. É o queridinho do mercado por ser bom em planejamento, cálculos e na solução de problemas. Deu ruim na firma, contrate um engenheiro.

O trabalho do engenheiro não se limita às ciências exatas. A Engenharia Genética, por exemplo, que trata da manipulação direta do genoma (dados transmitidos de uma geração de seres vivos para outra) pela biotecnologia, é prima de primeiro grau da Biologia, tipo *best friends forever*. E lá está o engenheiro cutucando os mistérios da vida.

Duas áreas da Engenharia ganharam destaque nos últimos tempos: Petróleo e Ambiental. Estão, de certa forma, ligadas. Enquanto a primeira une princípios da geologia e da mineração para descobrir e explorar poços de petróleo e gás natural, a segunda cuida dos impactos dessas e outras ações no meio ambiente. Os salários podem chegar a R$ 15 mil.

O engenheiro do século 21 precisa ter a capacidade de transitar pelas diferentes áreas do conhecimento e de inovar sempre, para atender às crescentes demandas da sociedade. Não precisa esperar dar problema para ser chamado.

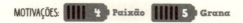

44. ESCRITOR

Muito além da tuberculose, flips e jabutis

Mais do que um contador de histórias que faz o leitor se divertir ou chorar, o escritor tem a missão de abrir a cabeça das pessoas, provocar reflexões e desconforto. Os gêneros são muitos: romance, conto, crônica, poesia, ensaio, haikais.

Além dos chamados trabalhos autorais, em que o escritor escreve o que ele está a fim de escrever, há muitos tipos de trabalho por encomenda, como livros corporativos (sobre a história de uma empresa ou o perfil de ricos vaidosos, por exemplo).

A profissão dá pouca grana, mas muito prazer. Escrever um livro é dar à luz um filho. Um parto. Não é fácil escrever um livro, escrever um bom livro, então, é dificílimo, mas esse desafio é que seduz. Se você quer ser escritor para ficar famoso, ganhar um Jabuti e ser convidado para a Flip, esqueça! Tudo isso pode ser uma agradável consequência. A motivação do verdadeiro escritor é, todo dia, sentar em frente à tela em branco e sofrer: "porra, como eu começo este texto?".

Em muitos casos, escrever é um dom. Alguns seres humanos já nascem escritores. Mas também dá para se aperfeiçoar, estudar técnicas. Escrever é, sobretudo, prática. Quanto mais a pessoa escreve e, principalmente, quanto mais ela deleta tudo e reescreve, mais o texto vai-se aprimorando. Não existe uma faculdade para ser escritor. Cursos de Letras são interessantes, uma puta base, mas não formam escritores. Hoje, existem muitos cursos livres, alguns comandados por escritores renomados, que ensinam o ofício.

NÃO É MAIS PRECISO SER TUBERCULOSO, MAS A CARREIRA TEM EXIGÊNCIAS

- Escritor que não gosta de ler é como atriz pornô que não gosta de sexo. Ler é requisito básico. E vale de tudo, dos clássicos russos à bula de remédio.
- Não ter vergonha do que escreve ou do que sente necessidade de escrever. Não ter medo de se expor, de se atirar. Como diz o escritor pernambucano Marcelino Freire, ser escritor é, antes de tudo, perder o respeito da própria família.
- Antigamente, para ser escritor era necessário ter tuberculose. O cara escrevia um livro, publicava e, depois, ia tranquilamente se tratar em algum sanatório de uma charmosa cidade de montanhas. Era chique ter tuberculose. Hoje, o escritor precisa ter muita saúde, até para suportar uma rotina insana de eventos literários por todo o Brasil.
- Se antes o isolamento combinava com a vida de escritor, hoje ele tem uma proximidade gigante com o leitor. Estar aberto a esse contato com o público é fundamental, seja numa rede social, seja na rotina insana de eventos literários por todo o Brasil.

COMO SOBREVIVER

O produto principal do trabalho de um escritor ainda é o livro, independentemente do gênero ou se é uma clássica versão impressa ou um *e-book*. O livro pode ser publicado por uma editora ou autopublicado pelo escritor. Posteriormente, ele é vendido em livrarias ou canais alternativos, como lojas virtuais. Quando o livro é vendido numa livraria, o escritor costuma ficar com 10% do valor de capa apenas, ou seja, fica com uma merreca. A profissão de escritor é a prima miserável da profissão de jornalista, que, por sua vez, é a prima pobre.

Poucos escritores vivem apenas de literatura. O sujeito é sempre escritor e mais alguma coisa, tipo a moça que é modelo e atriz. A maioria dos escritores (99,9%) costuma ter outras fontes de renda, que podem estar ligadas à literatura (professor de português, revisor, professor de oficinas de criação literária, participante de debates em feiras de livro, etc.). Mas há também escritores que são médicos, bancários e alguns (poucos) que fazem striptease.

VOCÊ SABIA?

Oito em cada 10 pessoas que acham o Paulo Coelho ruim nunca leram um livro dele. Os outros dois são críticos literários!

MOTIVAÇÕES: **1** Idealismo **2** Vaidade **4** Paixão

Aprenda com quem conhece o ofício!

ESCRITORES BADALADOS ADORAM PARTICIPAR DE EVENTOS LITERÁRIOS, COMO FEIRAS DE LIVROS, PORQUE DESCOLAM UMA GRANA SALVADORA, MAS ODEIAM FICAR RESPONDENDO AS MESMAS PERGUNTAS CHATAS E CLICHÊS DO PÚBLICO, EM SUA MAIORIA GENTE COMO VOCÊ QUE SONHA SER ESCRITOR. TAIS QUESTÕES, CONTUDO, SÃO EXCELENTES PARA QUEM BUSCA MAIS INFORMAÇÃO SOBRE A CARREIRA. ENTÃO, SE VOCÊ É PRETENSO ESCRITOR, APROVEITE ESSES EVENTOS E PERGUNTE MESMO. PARA TE AJUDAR NESSA MISSÃO, CRIAMOS O *MANUAL DE PERGUNTAS CHATAS E CLICHÊS QUE OS ESCRITORES ODEIAM RESPONDER*. FEIRA DE LIVRO É COMO MICARETA: TEM O ANO TODO EM TUDO QUE É LUGAR. PROCURE UMA PERTO DE VOCÊ!

1. COMO VOCÊ FAZ PARA SUPERAR SEUS BLOQUEIOS CRIATIVOS?

2. QUAL A SUA ROTINA DE TRABALHO?

3. QUANDO VOCÊ SE DESCOBRIU ESCRITOR?

4. QUE DICAS VOCÊ DÁ PARA QUEM ESTÁ COMEÇANDO?

5. FOI FÁCIL PUBLICAR SEU PRIMEIRO LIVRO?

6. SER ESCRITOR DÁ DINHEIRO?

7. QUAIS SÃO SUAS PRINCIPAIS INFLUÊNCIAS LITERÁRIAS?

8. POR QUE O ROMANCE É UM GÊNERO MAIS NOBRE?

9. QUEM TEM BLOG TAMBÉM É UM ESCRITOR?

10. POSSO TE MANDAR UM POST DO MEU BLOG PARA VOCÊ ME DIZER SE FICOU BOM?

45. ESCRITOR DE MENSAGENS DE AMOR

O Cyrano do Tinder

Em tempos de *matches* e *crushes*, dos relacionamentos fáceis e instantâneos, as pessoas esqueceram-se dum troço básico chamado amor. E, como também desaprenderam a articular frases escritas, escrever cartas ou mensagens românticas tornou-se habilidade de raríssimas pessoas. Mas o rapaz quer impressionar a moça do Tinder, quer mandar a ela uma letra cheia de poesia, e não sabe como começar. O que fazer? Recorrer às frases prontas de Caio Fernando Abreu? Carpinejar? Não! Contrate um escritor de mensagens de amor.

Além de domínio da língua portuguesa – ou de outras línguas, no caso do escritor romântico bilíngue ou trilíngue –, esse profissional precisa ter criatividade. Mensagens de amor não precisam, necessariamente, conter sentimentos verdadeiros. Precisam tocar corações. É necessário também entender *briefings* – o que gosta de ler ou ouvir o receptor ou receptora da mensagem contratada. Saber manter sigilo também é essencial. Escrever mensagens de amor é como doar sêmen.

O trabalho costuma ser freelance, ou seja, o escritor de mensagens de amor ganha por texto produzido. Apesar de hoje o ofício ser mais um complemento de renda, com a tendência de desaparecimento total da capacidade das pessoas escreverem textos de amor num futuro breve, o mercado mostra-se bastante promissor aos que mantiverem esse dom. Torne-se um Cyrano de Bergerac da pós-modernidade.

46. ESPECIALISTA EM CLOUD COMPUTING

Tempo nublado, sujeito a empregos bem legais

A área de Tecnologia da Informação é um celeiro de oportunidades, para usar uma expressão bem brega ou clichê, e uma das especializações mais promissoras é em *cloud computing*. Então, você que é leigo vai nos perguntar "que troço é esse?". É o armazenamento de dados em nuvem, um ambiente que pode ser acessado de qualquer lugar, como os serviços Google Drive ou Dropbox.

A solução tecnológica fez uma pequena revolução nas empresas nos últimos anos e deve se fortalecer mais. Muitos profissionais que já trabalham com Computação e, sobretudo, programação têm migrado para as nuvens e, mesmo sendo algo recente, já existem alguns cursos para quem quer se especializar em *cloud*, além de eventos e workshops. Trata-se de um conhecimento muito específico e sofisticado, que precisa ser atualizado permanentemente.

A área demanda profissionais top, porque esse tipo de solução não pode ter falhas, sejam elas de segurança ou desempenho. Além disso, o especialista em *cloud computing* precisa ser muito antenado em inovações tecnológicas. Ou seja, *cloud* não é para qualquer um. Se não for sua praia, fique com os pés no chão e busque outra profissão. Se for, bom voo.

47. ESPECIALISTA EM INTELIGÊNCIA ARTIFICIAL

Cuide da evolução dos robôs, já que muitos humanos não evoluem

Haverá um dia em que robôs serão membros da família, circulando numa boa pela casa e ajudando nas tarefas domésticas, com capacidade de raciocinar similar à dos humanos. Com os avanços da tecnologia, já encontramos sistemas robóticos que fazem exames médicos invasivos ou são usados na indústria, como no transporte de cargas ou ramo automobilístico. O especialista em inteligência artificial é o responsável por desenvolver esses robôs. Seu salário varia de R$ 5 mil a R$ 10 mil.

Para entrar na área, é fundamental uma formação em engenharia ou ciências da computação. Ser um pouco maluco também ajuda. É um trabalho que exige muita pesquisa e testes, para que os robôs evoluam. Ao contrário de muitos humanos que preferem viver parados no tempo e cheios de preconceito, nossos colegas computadorizados tendem a melhorar a cada dia. O grande desafio do especialista é fazer o robô reconhecer a voz do homem, para que a máquina possa interpretar e replicar as nossas emoções. E bater um bom papo, é claro.

Já existem casos de pessoas que se apaixonam por sistemas virtuais, assim como se apaixonam por carros ou smartphones de última geração. Rola uma relação afetiva com a máquina, com juras de amor e tudo. Segundo a ciência, um dia seremos capazes até de fazer sexo com robôs, bonecos eletrônicos não só com inteligência, mas com *sex appeal* também. Os solitários agradecem, para o desespero de garotas e garotos de programa.

48. ESTRELA DO SNAPCHAT

Faça fama com seu próprio reality show

Padres bonitões ou cantoras de funk têm mais chances de bombar no Snapchat, a rede social de mensagens que se autodestroem em poucos segundos, mas você, um simples e pobre mortal, não pode perder as esperanças. Vai que dá certo. Vai que o povo te acha interessante mesmo sendo um anônimo. Mas já vamos avisando: é mais fácil ganhar na Mega-Sena da Virada do que se tornar uma estrela do Snap, por isso mesmo não é uma tarefa para os fracos ou os que desistem fácil.

E estrela do Snapchat é profissão? Não se ganha naturalmente dinheiro para expor sua vida na tal rede, mas a fama, caso seja obtida, pode render frutos indiretos, como contratos publicitários ou participação em eventos. A maranhense Thaynara OG, a musa brasileira do Snapchat, chega a cobrar R$ 20 mil por sua ilustre presença em alguma festa, por um período de duas horas.

A receita para o sucesso – apesar de não haver receita – pode ser a mesma para quem produz conteúdo para o YouTube ou outras plataformas digitais: publique coisas originais, autênticas e relevantes para se destacar entre os bilhões de snaps diários. E aqui o desafio é ainda maior porque o conteúdo é muito focado no próprio produtor: eu sou o meu próprio reality show. Não precisa dizer que vaidosos ou carentes em geral amam o Snapchat. Uma das grandes vantagens da rede é que as mensagens morrem em 10 segundos, algo como "pague mico sem deixar vestígios".

MOTIVAÇÕES: 2 Vaidade 4 Paixão

49. FILMMAKER

Quem não tem Cannes caça com festa de casamento

Enquanto o sonho de ganhar um prêmio no festival de cinema de Cannes não chega, o *filmmaker* rala para ganhar dinheiro fazendo filmes de casamento, festas infantis e outros eventos sociais. Um troféu suado, que em geral vem parcelado em três vezes no cheque. Produzir vídeos para empresas e filmes publicitários são outras fontes de renda.

Além de filmar, o *filmmaker* precisa ter conhecimento de roteiro, luz, som, edição. Mas não sobrevive só com habilidades técnicas. São essenciais olhar apurado, criatividade, sensibilidade. Coisa de artista, mesmo ao retratar noivos dançando bêbados. Há poesia em fim de festa. Esse é o grande diferencial do *filmmaker* em relação a um produtor de vídeos carne de vaca.

Um dos riscos da carreira é cair no golpe do projeto que nunca sai do papel. Quando alguém pede para o *filmmaker* fazer trabalho de graça, com a promessa de integrar um grande projeto artístico remunerado no futuro, com Cauã Reymond e o escambau, é melhor desconfiar. Esse futuro nunca chega. Muito menos o Cauã Reymond.

Outro dilema é ter que carregar um estúdio nas costas para as filmagens, com câmeras, lentes, tripés. Não há coluna que aguente. Ganhar a Palma de Ouro em Cannes é o sonho. Ser premiado com uma hérnia de disco para o resto da vida é a realidade.

MOTIVAÇÃO: 4 Paixão

50. FILÓSOFO

Os pensadores também amam

Alain Badiou, filósofo francês, diz que para exercer a profissão é preciso ser um sábio, um artista, um militante político e um amante. Foi-se o tempo em que os filósofos viviam apenas de grandes pensamentos. "O pensamento nunca é dissociável das violentas peripécias do amor", ensina Badiou. Resumindo: o filósofo de hoje reflete, mas se envolve. E curte uma putariazinha básica.

Filósofo é quem se dedica às questões metafísicas, morais, éticas, políticas. Ama a retórica, a dialética, e as DRs em tempos de casamento em crise. Quem quer estudar Filosofia precisa gostar de ler e gostar de ler textos densos. Platão é treino de aquecimento. Se você não consegue se concentrar sequer na leitura de um livrinho da Agatha Christie, caia fora enquanto é tempo. Escrever, escrever e escrever também é o que se espera de quem estuda Filosofia.

O mercado de trabalho vai do tradicional dar aulas de Filosofia nos ensinos médio e superior, de escolas públicas ou privadas – a remuneração não é lá essas coisas, mas dá para se viver legal – a empregos em grupos de trabalho multidisciplinares. Hoje, tem filósofo em projetos culturais, na área de comunicação de grandes empresas e até no mercado financeiro. Por essa razão, a profissão ganhou um perfil diferenciado e valorizado.

MOTIVAÇÕES: **1** Idealismo **2** Vaidade

OS FILÓSOFOS DO FACE

A PROFISSÃO, QUE NA ÉPOCA DE ARISTÓTELES ERA PRIVILÉGIO DE POUCOS, DEMOCRATIZOU-SE. DEPOIS DOS FILÓSOFOS DE BOTEQUIM E SUA DIALÉTICA ETÍLICA, HOJE SÃO MILHÕES DE FILÓSOFOS DE REDES SOCIAIS. INSPIRADOS PELOS PENSAMENTOS ENAMORADOS DE FABRÍCIO CARPINEJAR OU NÃO, ELES ABUSAM DE GRANDES REFLEXÕES, GERALMENTE SEGUIDAS DE UM "BOM DIA" OU "BOA NOITE". CONHEÇA ALGUMAS DELAS:

"UM HOMEM QUE SONHA JAMAIS ACORDARÁ SEM ASSUNTO PARA O CAFÉ DA MANHÃ. BOA NOITE."

"NUNCA DESISTA DO GRANDE OBJETIVO DE SUA VIDA, MESMO QUE ESSE OBJETIVO SEJA CONQUISTAR A OCEANIA, A AMÉRICA DO NORTE E MAIS 14 TERRITÓRIOS. BOM DIA."

"A VIDA SEGUE, APESAR DE TANTOS CONTRATEMPOS, PORQUE SE PARASSE SERIA A MORTE. BOA NOITE."

"A MELHOR SOLIDÃO É A PUNHETA. BOM DIA."

51. FISCAL DE FISCAL DE CU

Combater a homofobia está em alta

O fiscal de cu é um tipo clássico que fica cuidando do cu dos outros. Atua, principalmente, em mesas de bar ou em rodinhas em torno da máquina de café da firma. São os caras que dedicam grande parte do tempo de suas vidas insinuando que fulano é gay, que sicrana namora beltrana. A fiscalização de cu é o que, de fato, alimenta a homofobia, porque tem uma missão que vai além dos cus propriamente ditos. A fiscalização de cu busca desqualificar ou segregar homossexuais. Por essa razão, é essencial que seja feita uma fiscalização ostensiva de quem fiscaliza o cu alheio.

O crescimento de movimentos ou observatórios de combate à homofobia, financiados com verbas públicas ou não, tem fomentado o trabalho do fiscal de fiscal de cu. Além de evitar atitudes discriminatórias contra gays, lésbicas, transgêneros ou bissexuais, e promover a igualdade de direitos seja qual for a condição sexual das pessoas, o fiscal de fiscal de cu deve, por meio dos movimentos em que atua, pressionar o poder público para legislar em favor de cus em geral.

Um fiscal de fiscal de cu tem um salário bem pequeno, do tamanho de um cu, para não fugirmos à temática desta profissão, e, por isso, a profissão não é recomendada a gente que tem o dinheiro como sua principal motivação. A fiscalização da fiscalização de cu é para gente disposta a lutar pela causa, gente que sonha com um mundo mais justo e humano, um mundo de cus livres.

MOTIVAÇÃO: 1 Idealismo

52. FUTURISTA

Prevendo um mundo melhor (até porque pior não fica)

Não, meu amigo, não estamos falando aqui da finada Mãe Dinah. Futurista não prevê acidentes aéreos com famosões, nem o ganhador da próxima Copa do Mundo. Esqueça também os polvos sabichudos! Futurista é o profissional que lida com inovação, com as mudanças de comportamento, aquele que pensa o amanhã. Ah, e eles também não são necessariamente aquarianos, ok, aquarianos? A profissão ainda não é muito forte no Brasil, mas tem grande status em países como os Estados Unidos. Vale ficar ligado.

O futurismo não requer um currículo clássico e engessado, mas algumas características são essenciais para um futurista: gostar e entender de tecnologia e suas evoluções, gostar e entender de comportamento humano e suas evoluções. Precisa também ter uma cabeça aberta, uma boa dose de pensamentos malucos e, claro, ter um sexto sentido do caralho.

E qual o futuro pensado por um futurista? Novas relações de trabalho, novas formas de transporte, de moradia, de comunicação. Tratamentos médicos customizados? A volta dos mortos ao mundo dos vivos por meio de hologramas? Robôs que transam e não têm ejaculação precoce? Ganha um doce quem acertar.

MOTIVAÇÕES: 1 Idealismo 4 Paixão

UMA UNIVERSIDADE SINGULAR

CENTROS DE FORMAÇÃO DE FUTURISTAS SÃO POUCOS, MAS JÁ EXISTEM. UM CASO FAMOSO SITUADO EM UMA BASE DE PESQUISA DA NASA NO VALE DO SILÍCIO NORTE-AMERICANO, BERÇO DE GRANDES INOVAÇÕES, É A SINGULARITY UNIVERSITY, QUE TEM A "MISSÃO DE EDUCAR E INSPIRAR LÍDERES PARA PROMOVER GRANDES MUDANÇAS EM PROL DA HUMANIDADE POR MEIO DA TECNOLOGIA". UM DE SEUS CRIADORES É O FUTURISTA RAYMOND KURZWEIL, FODÃO DA INTELIGÊNCIA ARTIFICIAL. SÃO VÁRIOS PROGRAMAS VOLTADOS À INOVAÇÃO E HÁ ESQUEMAS DE BOLSAS DE ESTUDO PARA OS ALUNOS. ESTÁ NA HORA DE VOCÊ SE DESAPEGAR DO PASSADO, NÃO?

53. GERONTÓLOGO

Existe vida após os 60, 70, 80

O Brasil está ficando cada vez mais velhinho. De 1980 a 2014, a expectativa média de vida no país subiu 12,7 anos, segundo o IBGE. Ótimo viver mais, mas também não adianta chegar aos 80 anos todo fodido. Planejar e executar ações para garantir qualidade de vida à melhor idade é função do gerontólogo, profissão reconhecida pelo Ministério do Trabalho em 2015.

Não confundir gerontólogo com geriatra, o médico que cuida dos idosos. O gerontólogo faz o acompanhamento da saúde dos velhinhos – está fazendo caminhadas no parque como o doutor pediu?, já trocou a mortadela gordurosa por um queijinho branco? –, mas seu trabalho vai além de questões médicas.

Bem-estar na velhice não é só fazer casaquinho de crochê para os netos, tomar Viagra ou participar de uma animada rodinha de dominó. Bem-estar na velhice é saber lidar com limitações físicas, fragilidades emocionais. É poder sonhar com um novo projeto de vida aos 85 anos. É ter autonomia, mesmo que filhos e netos achem um perigo, meu Deus, deixar o vovô ir sozinho ao supermercado a essa hora da noite!

A missão do gerontólogo é entender as necessidades dos idosos, combater o preconceito e explicar às famílias e instituições que existe, sim, vida após os 60, 70, 80 anos. O trabalho pode ser feito nas casas dos velhinhos, ONGs, clínicas geriátricas ou no Clube de Vovôs Paraquedistas.

54. GESTOR DE EFEITOS COLATERAIS DE VICIADOS EM POKÉMON GO

Um assessor real na caçada desta praga virtual

Quando a gente pensa que a humanidade está totalmente perdida, ela encontra um Pikachu. E um Zubat. E um Weedle. E o ser humano fica tão viciado em Pokémon GO que precisa recorrer a um gestor de efeitos colaterais para reparar os danos causados por essa droga virtual. Um dos serviços do gestor é buscar apoio psicológico para o jogador. Ao contrário do Pokémon Charmander que evolui para um Charmeleon, o viciado só tende a involuir mentalmente.

O gestor deve ter bom preparo físico para acompanhar o cliente nas andanças pela cidade. Uma tarefa comum do gestor é chamar uma ambulância para levar o jogador ao hospital após ele ser atropelado enquanto caça um Pidgey na rua. Ou chamar a polícia após o jogador ser assaltado e ver o smartphone cheinho de Squirtles ser levado pelo bandido real. Nessas horas, cabe ao gestor emprestar seu celular ao viciado, evitando que ele tenha uma crise de abstinência pokemoniana.

Outra importante função do gestor é inventar desculpas para o chefe do seu cliente, justificando a ausência recorrente dele no trabalho. Nunca dizer que o jogador faltou por causa da morte de um Wartortle ou de um Blastoise. Pode matar a avó mesmo. Ou uma tia do interior, aquela que se afogou no córrego ao perseguir um Magikarp.

MOTIVAÇÃO: 3 Porra-louquice

55. GESTOR DE VAQUINHA DIGITAL

Ei, você aí, me dá um dinheiro aí

"Eu poderia estar roubando, poderia estar matando, mas só estou aqui fazendo uma campanha de *crowdfunding*". Quem não tem cara de pau de encher o saco dos amigos para descolar uma grana via financiamento coletivo pode contratar um gestor de vaquinha digital. Esse profissional planeja e cria a campanha, faz a sua divulgação, passa o chapéu e cuida da entrega das recompensas (o prêmio para os caridosos).

Hoje, existe *crowdfunding* pra tudo. Escritor querendo lançar livro, atleta querendo competir após perder o patrocínio, genro querendo alugar uma casinha pra sogra na Lua. Muitas *startups* (pequenas empresas em desenvolvimento, geralmente de tecnologia) também adotaram a prática para testar novas ideias e atrair investidores. É a vaquinha PJ.

O principal requisito para ser um bom gestor de vaquinha digital é a capacidade de convencer os potenciais doadores de que vale a pena apoiar um projeto. Saber engajar o pedinte que o contratou na causa é também importante. Jovens que vivem de mesada dos pais e artistas de rua têm boas chances de sucesso na carreira.

56. GUARDADOR DE LUGAR EM FILAS

Boa opção de trabalho para aposentados ociosos

Esse papo de que brasileiro não se importa com uma fila é mito. Ninguém suporta acordar de madrugada para garantir uma senha de atendimento num serviço público ou ficar horas parado no mesmo ponto. Para esse perrengue da vida nas grandes cidades, existe o guardador de lugar em filas. É preciso gostar de cair cedo da cama, ser paciente e trabalhar em equipe (com ajudantes, é possível reservar mais vagas na fila).

É uma boa opção de trabalho para aposentados ociosos, que sempre dão uns passos a mais na fila preferencial. O valor do serviço varia de acordo com o tempo de espera e o tipo de cliente. Pessoas que precisam enfrentar longas filas para conseguir uma consulta no posto de saúde ou garantir uma vaga para os filhos na escola pública chegam a pagar R$ 50 por uma boquinha. O mesmo vale para quem encara uma espera angustiante para o recadastramento no INSS.

A vaga, contudo, pode custar R$ 200, se o cliente for um bacana com grana. Tipo quem detesta torrar no sol à espera da abertura dos portões do estádio, mas quer um bom lugar no show do seu astro internacional da música. Ou a turma que vai curtir as férias na Flórida, mas não admite ficar na fila do consulado dos Estados Unidos ao lado do imigrante sedento por um visto de trabalho.

MOTIVAÇÕES: 3 Porra-louquice 5 Grana

DANDO UM HELP AOS LOUCOS POR LIQUIDAÇÃO

EM NOVA YORK, TERRA DOS NEGÓCIOS, DO TURISMO E DAS FILAS, EXISTE ATÉ EMPRESA ESPECIALIZADA EM FORNECER GUARDADORES PROFISSIONAIS DE VAGAS EM FILA. É O CASO DA SAME OLE LINE DUDES, QUE CONTA COM CERCA DE 50 COLABORADORES, OS CHAMADOS *LINE SITTERS*.

A PRIMEIRA HORA DE ESPERA CUSTA US$ 25; A MEIA HORA ADICIONAL, US$ 10. COMO HÁ MUITO AMERICANO FASCINADO POR UMA LIQUIDAÇÃO, O TRABALHO NA PORTA DE GRANDES LOJAS É O FORTE DO MERCADO DE LÁ. QUEM QUISER SER O PRIMEIRO A CONSEGUIR UMA NOVA VERSÃO DO IPHONE SEM ACAMPAR NA FRENTE DA APPLE TERÁ DE DESEMBOLSAR UMA BOLADA.

57. GUIA DE TURISMO EXÓTICO

Tom do Cajueiro é coisa do passado

Na Califórnia, tem o "Museu do Vibrador". Na Croácia, existe o "Museu dos Relacionamentos Terminados" (ou Corações Partidos). Em Paris, há um tour pelos esgotos da Cidade Luz; no Cairo, é possível visitar os lixões de lá. Como o mundo está cheio de gente estranha, opções estranhas de turismo fazem o maior sucesso. Ser guia de roteiros famosões e clichês qualquer um é, mas poucos têm a capacidade de apresentar destinos exóticos.

O profissional deve ter o espírito aberto a novas experiências, gostar do diferente. Deve também ter uma curiosidade enorme. E, claro, ter as competências clássicas de um guia convencional: bom relacionamento com o público, boa dicção e boa memória. O trabalho pode ser prestado por meio de agências de turismo estranhas, as especializadas em gente estranha, ou por conta própria. Aqui empreender também é uma alternativa. Os ganhos fixos variam muito de cidade para cidade. Ah, e não se surpreenda se, no final de um tour guiado, você receber uma gorjeta igualmente exótica.

MOTIVAÇÃO: **3** Porra-louquice

Como me tornei um guia turístico de famílias

(DEPOIMENTO DE LUCAS MAURÍCIO)

O DESEMPREGO ME GUIOU PARA ESSA COISA DE SER GUIA. E EU ADOREI. TER CONTATO COM GENTE É SENSACIONAL. MAS EU NÃO QUERIA SER APENAS O MOÇO QUE CONTA A HISTÓRIA DA IGREJINHA BARROCA DE OURO PRETO. QUERIA FAZER ALGO INUSITADO. PENSEI: POR QUE NÃO GUIAR AS PESSOAS POR LOCAIS INCOMUNS? FOI QUANDO DECIDI ME ESPECIALIZAR NO TURISMO DENTRO DE CASA.

COMO TODOS DA FAMÍLIA VIVEM HOJE MALOCADOS EM SEUS CANTOS PARTICULARES, ELES SE ESQUECERAM DE COMO É A PRÓPRIA CASA ONDE VIVEM.

É UM PACOTE SIMPLES DE DOIS DIAS E DUAS NOITES EM QUE FAÇO DE TUDO PARA TIRAR OS FILHOS DE SEUS QUARTOS CHEIOS DE NOTES, TABLETS E GAMES. VOU LOGO PERGUNTANDO: VOCÊS NÃO GOSTAM

DE UMA AVENTURA? COM EMOÇÃO OU SEM EMOÇÃO? ELES SEMPRE PEDEM COM EMOÇÃO.

NO PRIMEIRO DIA, FAÇO UM TOUR PELA CASA. APRESENTO ÀS CRIANÇAS A SALA DE JANTAR, A SALA DE ESTAR, O ESCRITÓRIO EM QUE O PAPAI E A MAMÃE FICAM ENCASTELADOS TRABALHANDO, O LAVABO. A MAIORIA NEM SABE QUE EXISTE UM LUGAR NA CASA CHAMADO LAVABO. A DESCOBERTA É UM GRANDE PRAZER.

O SEGUNDO DIA É MAIS PARA ELES REDESCOBRIREM LAÇOS FAMILIARES. TODOS JANTAM À MESMA MESA E NO MESMO HORÁRIO. ESSE MOMENTO É TAMBÉM IMPORTANTE PARA REAPRESENTAR OS FILHOS A SEUS PAIS. ALGUNS CHEGAM A SE ESQUECER DOS NOMES DOS VELHOS. É DIVERTIDO. EM MEU TRABALHO DE GUIA TAMBÉM OS ESTIMULO A CONVERSAR, A PERGUNTAR COISAS SIMPLES, TIPO "COMO FOI SEU DIA?".

JÁ ESTOU PENSANDO EM CRIAR UM NOVO PACOTE PARA FAMÍLIAS, MAIS RADICAL, ALGO COMO "CONHEÇA O PARQUE PERTO DA SUA CASA SEM ACESSO A WI-FI". COM EMOÇÃO OU SEM EMOÇÃO?

58. HUMORISTA PÓS-PIADA DE PORTUGUÊS

Reaprenda a provocar. Sem preconceito!

Sabe as piadas do português burro, do gaúcho gay e do papagaio falastrão do puteiro? Já não funcionam mais. A escola de Ary Toledo, Costinha e tantos outros contadores de causos deu sua valiosa contribuição ao humor, mas perdeu a graça. Em tempos de um Brasil com a patrulha do politicamente correto sempre de antena ligada, o humorista deve ter cuidado para não ultrapassar a linha do que é legal falar sem ofender, não perdendo, claro, a acidez de sua crítica.

Hoje, está em alta a escola de Gregorio Duvivier e Marcelo Adnet, artistas capazes de escrever e interpretar os próprios textos, mais conscientes da mensagem que querem transmitir. Mas não basta escrever o próprio texto. Tem que escrever bem. Tem que ser original. Espirituoso. E não basta interpretar o próprio texto. Tem que estimular a reflexão do público pelo humor e não apenas perseguir o riso fácil, pautado pelo preconceito, pela baixaria.

A capacidade de rir da própria desgraça e não apelar ao *bullying* em cima de minorias marginalizadas é um diferencial para o bom humorista. A patrulha atual exagera muitas vezes, mas tem um lado positivo: fazer o artista também refletir, buscar novas formas de humor, reaprender a provocar. Se o público já não ri do português burro e do gaúcho gay, por que não renovar o repertório?

MOTIVAÇÕES: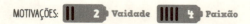

59. INCENTIVADOR DE OCUPAÇÃO DE ESPAÇOS PÚBLICOS

Menos shopping center, mais ar livre!

Casamento na praça, sofás reformados com material reciclado espalhados pelo parque, novas opções de lazer, gente na rua. Menos shopping center e mais ar livre. Locais degradados sendo recuperados. O incentivador da ocupação de espaços públicos é uma espécie de líder desta transformação urbana. Uma cidade ocupada é também uma cidade mais segura. E para os chatos de plantão: ocupação é bem diferente de invasão, ok?

Os projetos de convivência são diversos. De locais para o estacionamento de food trucks a saraus poéticos na praça, da feirinha de troca de brinquedos usados a um simples encontro para se jogar conversa fora.

Os líderes dos movimentos de ocupação são pessoas criativas e abertas a novas ideias. Alguns têm formação em arquitetura e começam a construir seus projetos de ocupação ainda na faculdade. Geralmente, os coletivos reúnem pessoas com os mesmos propósitos, com projetos financiados por empresas, poder público ou no esquema *crowdfunding*. Alguns projetos acabam se tornando políticas públicas em parceria com prefeituras.

Por ser um fenômeno recente no Brasil, ainda não se ganha por aqui muito dinheiro para ser um incentivador de ocupação de espaços públicos. Mas o prazer de ver uma cidade melhor para todos não tem preço. Os espaços públicos precisam ser livres e pertencer a todos. E você pode fazer parte de tudo isso. Vamos invadir, ou melhor, vamos ocupar?

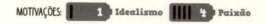

60. JOGADOR DE FUTEBOL

Agora é trabalhar duro em busca do emprego positivo

Foi-se o tempo em que o pai classe média brasileira queria filho doutor. A criança mal começa a andar e já está matriculada na escolinha de futebol. É preciso talento, ok, mas uma forcinha do "professor" ajuda. Vai que o moleque dá certo, não? Vai que ele acaba num Barcelona? Mas vamos devagar. Espere ao menos ele completar 10 anos antes de contratar um assessor de imprensa ou um personal stylist para o guri.

Não é pelo fato de ter um monte de perna de pau conseguindo transferência milionária para a Europa que todo pereba vai se dar bem. Também não adianta achar que você vai ser o próximo Pelé ou Neymar. Para ser jogador de futebol, é preciso ter os pés no chão. Pode tirá-los apenas quando for cabecear (#piadaruim). É sempre bom lembrar ainda que, assim como a carreira de modelo, a de jogador é curta. Esteja preparado para o futuro quando pendurar as chuteiras.

MOTIVAÇÕES: 2 Vaidade 4 Paixão 5 Grana

VOCÊ SABIA?

FICAR RICO JOGANDO BOLA PODE SER UMA DOCE ILUSÃO. VAMOS À REALIDADE: MAIS DE 80% DOS JOGADORES DE FUTEBOL NO BRASIL GANHAM ATÉ DOIS SALÁRIOS MÍNIMOS. O LADO BOM É QUE OS POBRES NÃO PRECISAM FAZER TESTE DE DNA PARA PROVAR QUE NÃO SÃO PAIS DE NINGUÉM.

REQUISITOS

1. Além de talento e jeito pra coisa, competências óbvias, ser jogador de futebol exige disciplina. Tem a hora de treinar forte e tem a hora de jogar videogame.

2. Não desista facilmente diante das adversidades. Se você for reprovado na peneira do Corinthians, não desanime. Tente em um clube de médio porte, como a Portuguesa. Se também fracassar, vale arriscar um time pequeno, tipo Juventus. Falhou de novo? Nesse caso, tentar a peneira de um time de várzea pode ser legal. Se ainda assim você não conseguir entrar, desista da porra da ideia de ser jogador de futebol e trate de estudar.

3. Ter um conhecido de um conhecido de um amigo num grande clube pode ajudar com dicas de como funcionam as peneiras do clube.

4. Ter espírito de equipe é tudo, até porque futebol é um esporte coletivo. Note que até nas entrevistas para os jornalistas os jogadores usam a primeira pessoa do plural. "Estamos concentrados para o jogo" ou "tivemos um resultado ruim, mas vamos levantar a cabeça e seguir trabalhando". Apesar de ser um erro grotesco de concordância, a expressão "a gente estamos", no caso de jogadores de futebol, é permitida.

5. Gostar de ouvir sertanejo *trash* com fones de ouvido gigantes e fazer uma tatuagem com o nome da amada no antebraço são características que ajudam.

61. JORNALISTA QUE CHECA INFORMAÇÃO

Larga esse Google e vem pra rua

Num tempo em que tudo é muito dinâmico, com as facilidades de novas tecnologias, a loucura pela produção da notícia imediata, tipo miojo que fica pronto em três minutinhos, tem levado muito jornalista a divulgar qualquer besteira que lê ou ouve por aí, sem um simples telefonema para perguntar "é isso mesmo?". Eles sepultam uma regra básica do bom jornalismo: checar informação.

Quem estiver disposto a comprovar a veracidade do que publica e não ferrar a vida das pessoas terá espaço no mercado de trabalho. Como disse o poeta Vinicius de Moraes, "os preguiçosos que me perdoem, mas checar informação é fundamental". Ou algo parecido com isso.

Ser jornalista é não ficar acomodado em investigar denúncias e checar dados pelo Google, sob o risco de cair na armadilha do conteúdo fake. É preciso gostar de viver na rua, cara a cara com a notícia, interagindo com seres humanos de verdade. É resgatar a alma do bom repórter.

Conhecido por seu idealismo, o jornalista que checa informação alimenta o sonho de salvar o mundo, embora tenha dificuldade de salvar o próprio texto que escreve. Mesmo que não alcance seu projeto megalomaníaco, causar uma simples mudança positiva na sociedade por meio de suas palavras – bem checadinhas, claro – já é sinal de que ser jornalista ainda pode valer muito a pena.

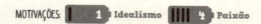
MOTIVAÇÕES: **1** Idealismo **4** Paixão

62. LIXÓLOGO

Monetizando a coisa de salvar o planeta

Você já deve ter lido alguma pesquisa que atesta: tem lixo pra caralho no mundo. E não estamos falando de sertanejo universitário, nem das músicas da Anitta. Estamos falando de lixo lixo mesmo. Todo tipo de resíduo, sólido, líquido ou gasoso, produzido por empresas ou pessoas comuns. O lixólogo é o profissional que faz a gestão dessa lixaiada toda, conseguindo tirar algum proveito dela, como a geração de energia limpa.

Carreiras ligadas à preservação do meio ambiente são as carreiras do futuro. Errado. São carreiras do presente. Já estamos mais do que atrasados. Já existem, inclusive, cursos de graduação e pós-graduação focados em gestão de resíduos. O perfil do lixólogo é o da pessoa preocupada em salvar o planeta, mas também com foco em negócio, porque dá para tirar muito dinheiro do lixo.

Quem também leva muito jeito para a coisa são os jovens que, quando crianças, ficavam escondidos atrás da cortina da janela da sala à espreita dos lixeiros. Era só o caminhão da coleta roncar ao longe, para essas crianças ficarem enlouquecidas. Parece estranho dizer, mas nem toda criança sonhou ser astronauta ou cantor de funk. Há também os lixólatras.

63. MÃE DE FILHO DO NEYMAR

Quando a maternidade vira profissão

As mulheres estão brilhando no mercado de trabalho, esbanjando competência e calando a boca dos machistas de plantão. Mas estão descobrindo também que o mundo corporativo é foda. Muito foda! Não é fácil conciliar a mamadeira da madrugada com o PPT para a reunião da manhã seguinte. Assim, muitas mulheres, donas de seus destinos, pensaram: por que não voltar a ser mãe em tempo integral? E melhor quando isso pode ser uma profissão.

Uma das tendências de mercado das mães profissionais é ser mãe de filho do Neymar. Mas pode ser também de outros craques do Barcelona, do Real Madrid, do Bayern de Munique. O trabalho consiste basicamente em engravidar e dar à luz o rebento, que será batizado como Lucas, Matheus ou Luan. Depois, é só cuidar da criança (com a ajuda de algumas babás) e conferir o extrato bancário, só para saber se a polpuda pensão foi fielmente depositada. O bom é que você não precisa casar com o pai da criança.

Além de cuidar de uma criança chamada Lucas, Matheus ou Luan, uma importante exigência para o cargo é jamais fazer barraco na TV. Craques odeiam o programa da Sonia Abrão. Seja invisível e curta a sua maternidade. Ah, também não é necessário torcer pelo time do Neymar.

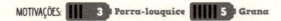

MOTIVAÇÕES: 3 Porra-louquice 5 Grana

64. MAKER (FAZEDOR)

O Manual do Professor Pardal revisitado

Como a própria tradução diz, *maker* é o cara que faz, bem diferente do cara que passa a vida toda coçando o saco e esperando cair do céu um emprego legal. O Movimento *Maker*, da galera fazedora, prega uma nova revolução industrial no mundo, um mundo em que todos podem criar seus produtos, fazer protótipos, produzi-los e vendê-los. A favor dos *makers* estão as formas novas de investimento e financiamento e soluções tecnológicas mais acessíveis, como a impressão 3D.

Para você se tornar um *maker*, é preciso ter espírito empreendedor, criatividade para criar projetos, paciência para transformá-los em realidade e curiosidade para buscar e filtrar conhecimento o tempo todo. Um *maker* é um apaixonado pelo que há de mais avançado em tecnologia e pela arte das simples gambiarras. É uma pessoa que gosta de mexer nas coisas, como faziam nossos avós em suas oficinas cheias de trecos na garagem de casa.

Os projetos desenvolvidos pelos *makers* são variados. Vão de uma construção robótica sofisticada a um rudimentar joguinho de tabuleiro para entreter velhinhos em um asilo. Ou o descascador de qualquer coisa que facilita a vida de quem gosta de cozinhar. Os *makers* não estão no mercado convencional de trabalho. Na maioria das vezes, eles empreendem sozinhos, buscando financiamentos coletivos para levar adiante seus projetos. Ou fazem parte de *startups*, que podem ser apoiadas financeiramente por grandes empresas ligadas à área de inovação.

OFICINA CRIATIVA

FAB LABS SÃO LABORATÓRIOS DE FABRICAÇÃO, PEQUENAS OFICINAS QUE CONTAM COM RECURSOS TECNOLÓGICOS PRÓPRIOS PARA O TRABALHO DOS *MAKERS*, COMO IMPRESSORAS 3D OU CORTADORAS A LASER. ELAS ESTÃO NO MUNDO TODO E SÃO LIGADAS A ENTIDADES QUE FOMENTAM ESSE TIPO DE INICIATIVA, COMO UNIVERSIDADES, OU A GOVERNOS. SÃO CENTENAS APENAS NO BRASIL. ALÉM DE SER UM LOCAL PARA A CRIAÇÃO DE PROJETOS, A *FAB LAB* REÚNE UMA GALERA COM OS MESMOS PROPÓSITOS, EXCELENTE PARA A TROCA DE CONHECIMENTO E SER CONTAMINADO POR UMA ONDA DE CRIATIVIDADE. VAMOS BRINCAR DE PROFESSOR PARDAL?

65. MANIFESTANTE PROFISSIONAL

O povo não é bobo: de graça, não!

Manifestação é como parada gay: todo dia em algum lugar do Brasil está rolando uma. É só uma questão de ficar de olho no calendário. Manifestação é também como programa de humor tosco de televisão: precisa de uma galera para fazer figuração. Protesto com poucos indignados não cola! E essa figuração pode render ganhos a muita gente. Os manifestantes profissionais são aqueles que vão às ruas gritar a favor disso ou contra aquilo em troca dos clássicos sandubas de mortadela, coxinhas do Habib's ou dinheiro mesmo. Tudo vai depender do perfil do contratante.

Adhemar Vasconcelos, sócio-diretor de uma agência de recrutamento de manifestantes profissionais, conta que há uma demanda muito grande por gente disposta a ir às ruas. "Hoje, os manifestantes reais só querem fazer ativismo nas redes sociais, porque é mais confortável e dá mais likes", relata. "É por isso que temos que pagar pessoas para saírem de casa", explica.

O perfil do manifestante profissional, segundo o recrutador, depende do perfil da manifestação. Isso ajuda a dar mais verossimilhança ao protesto. "Se for para derrubar um governo de esquerda, tem que contratar madame revoltada com a dificuldade de se encontrar uma empregada doméstica; se for para uma passeata em defesa dos humoristas de *stand-up* sem graça, tem que chamar gente capaz de produzir um cartaz com piadinhas bem fracas", ensina.

As manifestações crescentes também são oportunidade para os empreendedores. Profissionais da área de eventos estão montando agências para organizar protestos. Já tem até protesto-micareta (fora de época), sendo o mais conhecido o protesto contra a mercantilização do Natal e em favor do verdadeiro espírito natalino, realizado todo mês de fevereiro. A venda de artigos ligados a manifestações, como máscaras de políticos corruptos e até abadás, também é outra fonte importante de renda aos empresários do setor.

MOTIVAÇÃO: 5 Grana

66. MARIDO DE ALUGUEL

Quando o "oficial" não dá conta do recado

Maridos modernos são sensíveis, cozinham, ajudam na limpeza da casa, buscam os filhos na escola, mas sofrem para trocar a porra da resistência do chuveiro. As mulheres também não fizeram o menor esforço para aprender. Quem poderá nos salvar? É aí que entra em cena o marido de aluguel, uma espécie de super-herói que chega voando às casas de pessoas desesperadas, para salvá-las de um cano que estourou no banheiro e já alagou metade da sala, ou de um curto-circuito que está queimando tudo pela casa.

REQUISITOS IMPORTANTES

➪ Ser um "faz-tudo" exige capacitação. Entender de elétrica e hidráulica é essencial.
➪ Ter pontualidade. Uma privada entupida pela feijoada que o cliente comeu no almoço não merece horas de espera.
➪ Ser honesto. Se você é o maior desentupidor de ralos do mundo de todos os tempos, ótimo. Mas se esta não for sua praia, melhor repassar o serviço a quem entende.
➪ Usar sempre equipamentos de segurança, como protetores para os ouvidos, no caso de atender um cliente que não para de reclamar do preço do tomate na feira.

Os lados bom e ruim da profissão

<u>O LADO BOM:</u>

⇨ NÃO TER ROTINA. SÃO CASAS DIFERENTES, CLIENTES DIFERENTES, SEMPRE. NÃO É PRECISO OLHAR PARA A CARA DO CHEFE DIARIAMENTE.

⇨ SE FOR UM BOM PROFISSIONAL E PASSAR CONFIANÇA AOS CLIENTES, TERÁ MUITAS INDICAÇÕES DE TRABALHO. É SÓ DEIXAR O WHATSAPP LIGADO.

⇨ QUANDO RECEBER DE PRESENTE DE ANIVERSÁRIO UMA CAIXA DE FERRAMENTAS, VOCÊ NÃO FICARÁ PUTO. MARIDO DE ALUGUEL ADORA UM ALICATE E UMA CHAVE INGLESA.

⇨ COMO BOA PARTE DOS CLIENTES SÃO MULHERES IDOSAS (MUITAS VIÚVAS), HÁ GRANDE CHANCE DE ROLAR UM

BOLINHO DE CHUVA COM CAFÉ APÓS UMA DESGASTANTE SESSÃO DE APERTO DE PARAFUSOS.

O LADO RUIM:

⇨ ALGUM MARIDO "OFICIAL" PODE CONFUNDIR AS COISAS, ACHAR QUE ESTÁ SENDO TRAÍDO E SAIR COM UMA ARMA ATRÁS DO MARIDO DE ALUGUEL. MAS NADA QUE UM DIÁLOGO ENTRE PESSOAS ADULTAS E CIVILIZADAS NÃO POSSA RESOLVER. OU UM BOM PREPARO FÍSICO, SE PRECISAR CORRER.

⇨ TRABALHAR 24 HORAS POR DIA. A RESISTÊNCIA DO CHUVEIRO PODE QUEIMAR ÀS 11 HORAS DE UMA NOITE FRIA, QUANDO O CLIENTE, UM MARIDO MODERNO E SENSÍVEL, JÁ ESTIVER COM A CUECA NA CANELA E LOUCO PARA SE ESQUENTAR NUM BANHO QUENTE.

67. MECÂNICO DE BICICLETA

Bikes curtem atenção, carinho e uma boa lubrificação

Com o aumento das ciclovias nas cidades, aumentou o número de interessados em pedalar. Com o aumento do número de interessados em pedalar, aumentaram as vendas de bicicletas. Com o aumento das vendas de bicicletas, aumentou o número de pessoas rodando nas ciclovias e, por tabela, aumentou o desgaste das magrelas, que precisam de manutenção. Chama o mecânico!

O mecânico de bikes não serve apenas para apertar ou soltar parafusos. Ele faz ajustes em freios, rodas, pneus furados, sistemas de transmissão. Bicicletas importadas, com tecnologia avançada, exigem gente mais capacitada. É possível trabalhar em lojas especializadas, com salário médio de R$ 2 mil. Alguns mecânicos viram mestres em suspensão ou amortecedores, descolando uma grana a mais. Outro caminho é abrir a própria oficina.

ONDE ESTUDAR?

O SENAI costuma oferecer o curso de Mecânica de Bicicletas de graça, em dois meses. Fique ligado. Tem até aula de cidadania, para entender os direitos e deveres do ciclista, e o papel da bicicleta nas cidades. Existem também os cursos pagos. Hoje, no Brasil, falta mão de obra no setor. Quem se especializar terá uma longa fila de bikes na porta do trabalho, buzinando por atenção, carinho e uma boa lubrificação em suas peças.

68. MÉDICO

Esqueça o glamour do doutor Drauzio

Há profissões clássicas que nunca saem de moda. Por serem imprescindíveis e apaixonantes. Médico é uma delas. A grande beleza da carreira é poder ajudar pessoas e salvar vidas. Não há nada mais emocionante do que um sorriso de gratidão do paciente que superou a grave doença. Até mesmo o sorriso de quem superou uma micose na unha do pé já dá um nó na garganta. Dá, ô, se dá.

Médico é o dotô que faz diagnósticos, pede exames, prescreve remédios, realiza cirurgias e, acima de tudo, enche o saco dos pacientes que não cuidam da saúde. O lema do médico é: "Faça o que eu mando, mas não faça o que eu faço". Tem médico por aí que fuma dois maços de cigarro por dia dando bronca nos fracos que não conseguem vencer o tabagismo.

O médico pode trabalhar em hospitais, clínicas, postos de saúde, empresas e em seu próprio consultório. Há muitas vagas fora dos grandes centros urbanos, afinal poucos médicos curtem atender moribundos em Cudomundópolis do Oeste. As experiências são ricas: passar uma tarde atendendo no SUS faz você perceber que os seus problemas com o sinal do celular são coisas banais. Esta é também a chance de ganhar uma boa grana, mas com muita ralação, claro. Vida de médico não tem o glamour global da vida do Drauzio Varella.

REQUISITOS IMPORTANTES

⇨ Saber viver sob pressão (pelos horários malucos, pela responsabilidade de lidar com a vida das pessoas e, principalmente, para conciliar plantão e casamento).

⇨ Não ter medinho de sangue.

⇨ Estudar sempre e viver antenado nos avanços da Medicina.

⇨ Ter concentração (nada de amputar a perna esquerda quando for para amputar a direita).

⇨ Ter um bom advogado (vai que, mesmo com o aviso aí de cima, você amputa a perna errada e toma um processo).

DESAFIOS DA CARREIRA

⇨ Sua vida é um eterno plantão. Pode pintar uma emergência bem na final da Copa do Mundo de futebol.

⇨ Quando jovem, conviver com a desconfiança dos pacientes: "Meu Deus, tão novinho, espero que não faça nenhuma cagada".

⇨ Quando velho, conviver com a desconfiança dos pacientes: "Meu Deus, deve estar meio cego, espero que não faça nenhuma cagada".

MOTIVAÇÕES: 1 Idealismo 4 Paixão

RESGATE O MÉDICO DA FAMÍLIA

MÉDICOS EXISTEM AOS MONTES, MAS MÉDICOS CAPAZES DE FAZER UM DIAGNÓSTICO CLÍNICO RÁPIDO E CERTEIRO, SEM A NECESSIDADE DE COMPLEXOS EXAMES E DIAS DE INTERNAÇÃO, SÃO RARIDADE. VOCÊ SE LEMBRA DO MÉDICO DE CONFIANÇA DA FAMÍLIA, TÃO FAMOSO DÉCADAS ATRÁS, AQUELE QUE SÓ DE OLHAR PRA CARA DA CRIANÇA JÁ SABIA SE ERA UMA INFECÇÃO GRAVE, VERME OU MANHA? POIS É, ELE SUMIU. RESGATAR ESSE PROFISSIONAL QUE SE PERDEU POR AÍ É UMA ALTERNATIVA A QUEM SONHA SE DIFERENCIAR NA PROFISSÃO.

Conheça especialistas que vão bombar num futuro não tão distante

ESMARTEFONOLOGISTA – médico que trata os distúrbios de quem passa 25 horas por dia pendurado no telefone celular e não consegue mais interagir com seres humanos de verdade.

BOLSONARÓLOGO – profissional que cuida de uma patologia cada vez mais comum, a bolsonarite crônica. A enfermidade afeta pessoas que acreditam que bandido bom é bandido morto e que gay tem que apanhar simplesmente porque é gay. Estudos mostram que toda família tem um tio que padece de bolsonarite crônica.

OPINOLOGISTA – médico que orienta pacientes a controlar aquela vontade incontrolável de ter opinião sobre tudo, dos riscos do zika vírus na gravidez à autonomia ou não do Banco Central.

69. MÉDIUM 2.0

Textão pega mal até no mundo espiritual

Ninguém mais tem paciência para ler textos psicografados longos. Textão pega mal até no mundo espiritual. Desta forma, os médiuns, seres humanos que têm o dom de estabelecer a comunicação entre diferentes planos, viram-se obrigados a se adaptar aos tempos velozes. Não precisa botar tudo num tuíte de 140 caracteres, mas o perfil ideal de um médium hoje é o que busca mais concisão e objetividade nas mensagens captadas. Saber usar hashtags também é interessante.

E não basta só o médium querer escrever pouco. Ele depende da ajuda dos espíritos, que são os caras que mandam a letra. Por essa razão, o mercado valoriza médiuns que tenham a capacidade de dar um *briefing* correto às almas, sem causar mágoas ou ressentimentos. Outra competência: o médium receber o material bruto e conseguir dar uma boa editada. A síntese da síntese. O excesso de informação também é um mal do além. Com a onda recente de filmes sobre o Espiritismo, mais almas conquistaram sua voz, todas querem falar, um efeito colateral da tal democratização.

O mercado cresce e valoriza os médiuns profissionais. Apesar de a maioria deles ainda enxergar o ofício como uma missão não remunerada, não há problema algum em ajudar as pessoas e, ao mesmo tempo, ganhar um dinheiro. A geração de médiuns 2.0 já vislumbra, como grande oportunidade de rendimento, a publicação de posts psicografados patrocinados. Falta apenas definir como será feita esta monetização, por se tratar de um pagamento interplanos espirituais.

MOTIVAÇÕES: 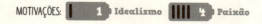 1 Idealismo 4 Paixão

Depoimento psicografado do espírito Emmanuel

VIVIA SUGERINDO AO CHICO (*XAVIER*): VAMOS CRIAR UM CANAL NO YOUTUBE. MAS CHICO ERA TURRÃO. O NEGÓCIO DELE ERA LIVRO IMPRESSO. ELE GOSTAVA DO CHEIRO DO PAPEL. NINGUÉM MAIS LÊ IMPRESSO, EU DIZIA AO CHICO*. HOJE, PRODUZIR CONTEÚDO PSICOGRAFADO SÚPER ROLA EM QUALQUER PLATAFORMA, PRINCIPALMENTE NAS DIGITAIS. TENHO FÉ QUE, ALGUM DIA, O PROJETO DO YOUTUBE AINDA DÊ CERTO. SÓ ESTOU ESPERANDO ENCONTRAR UM MÉDIUM 2.0 A FIM DE TOCAR O NEGÓCIO. JÁ TENHO TUDO NA CABEÇA, FORMATO, VINHETA. VAI SER UM CANAL BEM DINÂMICO E COM ALGUM HUMOR. MENSAGENS BONITAS COMO SEMPRE, MAS COM ALGUM HUMOR. PARA CONQUISTAR OS MAIS JOVENS. AH, TAMBÉM QUERIA TER PROPOSTO AO CHICO UMA CONTA NO SNAPCHAT. MAS ELE TORCERIA O NARIZ, COM CERTEZA. TRATEI DE FICAR QUIETO.

*NOTA DO EDITOR: EMMANUEL CONCORDOU EM DAR SEU DEPOIMENTO A ESTE LIVRO SEM SABER QUE SE TRATAVA DE UMA OBRA IMPRESSA. TORCEMOS PARA QUE SUA SENTENÇA DE MORTE DO PAPEL, NESTE CASO, ESTEJA ERRADA.

70. MODELO *PLUS SIZE*

As gordinhas estão empoderadas

Com o mercado da moda de olho nas consumidoras, digamos, com uns quilinhos a mais, modelos *plus size* ganharam espaço em desfiles e ensaios fotográficos para exibir coleções de roupas e acessórios. As gordinhas passaram a ser vistas como mulheres de bem com o corpo, sem vergonha de assumir suas medidas e dispostas a lutar contra o preconceito.

Mas vida de modelo gordinha é tão dura quanto vida de modelo magrinha. Requer dedicação, persistência, comprometimento com a agenda de trabalhos e, acima de tudo, seguir um padrão. Sim, o mundo *plus size* também tem o seu padrão. A preferência é por mulheres mais altas (acima de 1,70m), com manequim do 44 ao 50, quadril largo, cintura fina e peitões. Os cabelos devem ser longos e volumosos. A pele, perfeita. Só isso.

Esse papo de que modelo rechonchuda pode se empanturrar de chocolate e batata frita é balela. Grandes marcas chegam a pagar R$ 3 mil por um catálogo de moda, mas as suas agências exigem modelos com um corpo enxuto para o padrão *plus size*, sem barriga escapando por baixo da roupa ou celulite e estrias muito aparentes. É a ditadura da beleza para grandes medidas.

MOTIVAÇÕES: **2** Vaidade **5** Grana

71. MOTORISTA DE VAN ESCOLAR

Como estou dirigindo?

Se muitos pais não têm tempo de ir nem a reuniões eventuais com os mestres da escola, imagine levar o filho todos os dias para as aulas e buscá-lo de volta? Taí mais uma oportunidade de ganhar dinheiro com a terceirização da rotina das crianças. Os motoristas de van escolar trabalham para prefeituras ou de forma particular, negociando com os pais e fazendo parcerias com os colégios.

Há muita demanda pelo serviço, afinal, atualmente, a criança mal desmamou e já está indo para a creche. A grana é boa. Quem trabalha para prefeituras chega a receber R$ 7 mil por mês, somando o aluguel da van e os valores pagos por quilômetro rodado e por passageiro.

A profissão é de extrema responsabilidade. Além de respeitar leis de trânsito, o motorista deve ter atenção total na molecada. Já pensou um daqueles capetas enfiando a cabeça para fora da janela? Ou voando sem cinto de segurança após uma freada mais brusca? O ideal é o motorista contar com um ajudante. Enquanto ele monitora as crianças, você terá um tempinho até para xingar o filho da puta do motoboy que quebrou o seu retrovisor. Só não deixe ninguém ouvir.

72. MOTORISTA DO UBER

Tudo o que você sempre quis saber sobre a profissão, mas tinha medo de perguntar (só pra não apanhar dos taxistas)

Ícone da economia disruptiva (a que causa ruptura no modelo tradicional de um negócio), o motorista do Uber é odiado por 11 entre 10 taxistas. A alegação principal é que o Uber rouba trabalho dos taxistas – ou "roba", como preferem dizer os taxistas. Além de operar num ambiente de trabalho mais livre, o motorista do Uber é um taxista mais chique, como se tivesse passado por aulas de etiqueta com a Glorinha Kalil, e, no fundo, é isso que causa uma puta inveja.

Apesar de tanta polêmica em relação ao aplicativo, dirigir um carro Uber tornou-se uma alternativa de trabalho interessante para muita gente, pela expansão do serviço por várias cidades do Brasil e, em tempos de crise, pela falta de emprego. Pode ser também um complemento de renda.

REQUISITOS

⇨ Além do básico, que é ter um carro próprio e não fazer merda no trânsito, o motorista do Uber precisa saber agradar seu cliente. Na categoria "black", em que o serviço é mais sofisticado, eles servem até espumante para o passageiro. Saber fazer uma massagem nos pés também pode ser um importante diferencial.

⇨ Ao contrário de muitos taxistas, os motoristas do Uber devem ter a capacidade de abrir aquele sorrisão quando a corrida for muito curta e render uma merreca de grana. Outro diferencial em relação aos taxistas é não ficar o tempo todo falando de política com o passageiro, sobretudo fazendo elogios ao Bolsonaro.
⇨ Ao contrário dos taxistas também, você não precisa gostar de jogar dominó.
⇨ Como se trata de um serviço inovador a partir de um aplicativo *mobile*, é imprescindível ter bons conhecimentos tecnológicos. Dominar o Waze também é importante. E nada de ficar carregando aqueles guias de rua impressos que mais lembram uma Bíblia.
⇨ Conseguir um registro como motorista do Uber é relativamente rápido e fácil. Basta preencher um formulário pela internet e enviar alguns documentos, como carteira de habilitação e certidão negativa criminal.

VALE A PENA SER UM UBER?

Além do risco de apanhar de um taxista mais revoltado, todo motorista do Uber é obrigado a deixar 20% para a empresa, mais do que o Edir Macedo cobra de seus fiéis. Mais: todas as viagens são avaliadas pelos usuários, que dão uma nota pelo serviço prestado. Se você é a pessoa que só tirava D e E na sexta série e carrega este trauma de infância, reflita bem sobre este ponto. Por outro lado, se você curte trabalhar só quando quer, mas ainda não conseguiu se eleger deputado, ser motorista do Uber é uma opção. Liberdade é uma das principais vantagens da profissão.

TRÊS DICAS PARA SOBREVIVER SENDO UM MOTORISTA DO UBER

ALGUNS MOTORISTAS DE UBER GOSTARIAM DE CARREGAR UM TACO DE BEISEBOL AO LADO DO BANCO PARA RACHAR A CABEÇA DE UM TAXISTA FOLGADO, CASO NECESSÁRIO, MAS TAL PRÁTICA NÃO É RECOMENDÁVEL, PORQUE VIOLÊNCIA SEMPRE GERA MAIS VIOLÊNCIA. UM ROLO DE MACARRÃO É MAIS DISCRETO E MAIS SIMPÁTICO PARA UM DUELO.

FIQUE SEMPRE NA SUA E EVITE PROVOCAÇÕES AOS TAXISTAS, DO TIPO "VOCÊS SÃO UNS MAFIOSOS" OU "VÁ JOGAR DOMINÓ E NÃO ME ENCHA O SACO". FAÇA DE TUDO PARA EVITAR O CONFLITO.

SE A SITUAÇÃO DE CONFLITO FOR INEVITÁVEL, CONTUDO, E SE FOREM MUITOS TAXISTAS ATRÁS DE VOCÊ, ADOTE A ESTRATÉGIA DA FUGA. PISE FUNDO NO ACELERADOR E SAIA DA REGIÃO DE TENSÃO. APENAS CUIDADO PARA NÃO ATROPELAR NINGUÉM, MESMO QUE ESTE ALGUÉM SEJA UM TAXISTA FOLGADO.

73. NUTRICIONISTA

Coma o que eu mando, mas não coma o que eu como

O nutricionista estuda quatro anos na faculdade para propagar às pessoas uma ideia simples: "a receita da vida saudável é ter uma alimentação balanceada". Ponto. É botar cor no prato, com mais legumes, verduras e frutas. Mas vai explicar isso para quem não vive sem uma picanha suculenta ou acha que vai perder 10 quilos numa semana com a tal dieta do chá verde.

O mundo, porém, não é feito só de gente teimosa. Cresce a cada dia a turma que busca hábitos alimentares mais saudáveis e precisa da orientação de um especialista para acabar com as dúvidas que tanto a atormentam. É melhor comer pão com 12 grãos ou 14 grãos? Qual a diferença entre diet e light? Cerveja engorda ou não engorda?

Cabe ao nutricionista indicar as escolhas mais saudáveis, apesar de ele também adorar uma picanha suculenta. Mas isso o paciente não precisa saber. A profissão exige também atualização constante, afinal o ovo, considerado vilão do coração num ano, pode se tornar mocinho e ajudar a desentupir as artérias no ano seguinte. Vai entender a cabeça dos médicos.

MOTIVAÇÕES: |||| 4 Paixão ||||| 5 Grana

7 RECOMENDAÇÕES CLICHÊS PARA O JOVEM NUTRICIONISTA NÃO ERRAR

NUNCA CONSUMA CARBOIDRATOS APÓS AS 18 HORAS.

VOCÊ PODE COMER DE TUDO, MAS COM MODERAÇÃO.

PREFIRA A BATATA DOCE À BATATA INGLESA.

ESQUEÇA OS QUEIJOS AMARELOS. É POSSÍVEL FAZER RECEITAS DELICIOSAS COM RICOTA.

PARA O BOM FUNCIONAMENTO DO INTESTINO, COMA MUITAS FIBRAS.

O IDEAL É FAZER REFEIÇÕES A CADA 3 HORAS.

BEBA, PELO MENOS, 2 LITROS DE ÁGUA POR DIA.

74. ONGUEIRO

Fazer o bem tem remuneração!

Foi-se o tempo em que trabalho social era coisa apenas de gente abnegada ou almas caridosas. Há alguns anos já é possível conciliar a dedicação a uma causa nobre com grana. Isso mesmo: trabalhar numa ONG (Organização Não Governamental) é carreira remunerada, ainda que os salários pagos fiquem abaixo do que se paga na iniciativa privada. Para muita gente, há outras motivações profissionais além de uma conta bancária gorda ou status.

Não existe uma formação específica para se trabalhar numa ONG. Entidades do terceiro setor demandam profissionais de áreas distintas, de sociólogos a biólogos. E gente sem faculdade também. Conhecimentos técnicos e experiências são mais demandados para projetos bem específicos, como de educação ou artes. E, claro, um administrador de empresas com MBA e tal pode ajudar a profissionalizar a gestão da bagaça, algo extremamente importante para uma ONG.

Trabalhar numa ONG, não necessariamente ser o dono da ONG, é um caminho para muita gente jovem cheia de energia e bons propósitos, mas também para quem passou dos 40 ou 50 anos e busca um novo sentido para o ato de trabalhar. O próprio modelo mais estruturado e sério dessas entidades ajuda os indecisos a tomarem coragem para promover uma grande mudança de rumo na vida. Não deixe para virar ongueiro na velhice. Seja ongueiro já!

75. OPERADOR DE TELEMARKETING

Você pode estar escolhendo esta profissão

O operador de telemarketing vive grudado no telefone e, por incrível que pareça, não é para falar mal da vida dos outros. É, em geral, para vender algum tipo de produto ou serviço, no caso do telemarketing ativo, ou em serviços de atendimento ao cliente, o famoso SAC, no telemarketing receptivo. O trabalho continua sendo boa opção de primeiro emprego ou ocupação temporária para muitos jovens (exige apenas segundo grau completo), embora já atraia uma turma na faixa dos 40 anos.

Hoje, há demanda de trabalho em todas as regiões do Brasil. Não é preciso viajar até a Índia para conseguir uma boquinha. A carga de cinco horas diárias permite ter mais tempo para fofocar no WhatsApp, beber uns chopinhos no bar e até estudar. Outra vantagem é poder atuar com causas humanitárias, numa espécie de "Operadores de telemarketing sem fronteiras", assistindo clientes em situações de extrema vulnerabilidade emocional. Ajudar alguém a cancelar a TV a cabo após uma hora e meia de espera ao telefone é um ato de solidariedade com o próximo.

A carreira tem também suas desvantagens, como viver a neurose de trabalhar com metas, metas, metas, principalmente no telemarketing ativo, ou viver a neurose de lidar com críticas, críticas, críticas, principalmente no telemarketing receptivo. É um ofício desgastante, mas nada que se compare à rotina clandestina de um boliviano costurando para grandes grifes de moda.

REQUISITOS IMPORTANTES

➪ Ser meio psicólogo, pois terá que falar com pessoas cheias de problemas e carentes de atenção (algumas com tendências suicidas).

➪ Escutar bem. É necessário fazer uma lavagem de ouvido antes de se candidatar a uma vaga. Opa, não ouviu? FAÇA UMA LAVAGEM DE OUVIDO!

➪ Falar bem. Não *estrupar*, ou melhor, não estuprar a língua portuguesa.

➪ Ter atenção no trabalho. Se for reclamar de um cliente chato para o colega ao lado, não se esquecer de deixar o telefone no mudo.

MOTIVAÇÃO: 5 Grana

Depoimento emocionado de uma mãe de operadora de telemarketing

"ÀS VEZES, ME SINTO COMO A MÃE DE UM JUIZ DE FUTEBOL. POR FAVOR, CHEGA DE TANTAS OFENSAS À MINHA POBRE FILHINHA! ELA PODERIA ESTAR ROUBANDO, PODERIA ESTAR MATANDO, MAS SÓ ESTÁ VENDENDO UMA ASSINATURA DA REVISTA VEJA. E COM 50% DE DESCONTO! QUE MAL HÁ NISSO? MINHA FILHA É UMA MENINA TÃO BATALHADORA. QUANDO QUER ALGUMA COISA, ELA INSISTE ATÉ CONSEGUIR. JÁ ME CONVENCEU ATÉ A COMPRAR UMA MÁQUINA FOTOGRÁFICA TEKPIX EM 30 PARCELAS. ELA NÃO É INCRÍVEL?"

76. ORGANIZADOR DE CASAMENTOS DA GRETCHEN

Me gusta, me gusta poder casar!

O que antes podia ser visto como um bico agora é profissão. Como ano sim, ano não, a ex-Rainha do Rebolado anuncia um novo casório, organizar esse tipo de cerimônia que, apesar de íntima, costuma reunir algumas centenas de convidados, é garantia de muito trabalho. O rendimento obtido em ano de casamento costuma ser suficiente para o profissional se manter pelo ano sem casamento. Alguns organizadores, contudo, aproveitam o ano "sem" para trabalhar em outros casamentos, como o do cantor Fábio Júnior ou da modelo Isabeli Fontana.

Organizar um casamento da Gretchen não é organizar qualquer casamento. Exige profissionais muito mais capacitados. A escolha do vestido da noiva é tudo, por exemplo. Precisa ser algo sexy sem ser vulgar e que, ao mesmo tempo, não realce a semelhança de Gretchen com a menina do exorcista que vomita um vômito verde e gira a cabeça 360 graus. Captar recursos financeiros para bancar o glamouroso evento é o que também se espera do organizador. Mas sem Lei Rouanet, ok?

Conhecimentos avançados de estratégias de comunicação também são superimportantes. Anunciar à imprensa que o casamento não terá a cobertura da imprensa deixa a imprensa com ainda mais vontade de cobrir o casamento. Anunciar também que será o último casamento da Gretchen (calma, é só estratégia) também cria um clima de suspense interessante. Importante: tudo isso também funciona com casamentos do Fábio Júnior. Ou da Isabeli.

MOTIVAÇÃO: **3** Porra-louquice

77. ORIENTADOR DE TRÁFEGO DE PESSOAS COM SMARTPHONE

Por um trânsito de zumbis menos violento

Imagine um mundo em que pessoas caminham pelas calçadas apressadas, sem rumo, trombando umas com as outras. Não, esta não é uma passagem de *Ensaio sobre a cegueira*, de Saramago. É o cotidiano de grandes cidades, onde pedestres hipnotizados por seus smartphones chocam-se com postes, lixeiras e outros pedestres hipnotizados por seus smartphones. São como zumbis que não escutam buzinas, não enxergam semáforos e correm o risco de acabar o dia embaixo de um ônibus, enquanto postam uma linda foto no Instagram.

Para pôr ordem nesta bagaça, cidades dos Estados Unidos, da China e da Bélgica criaram corredores especiais nas calçadas para separar 90% das pessoas que usam o celular ao caminharem das outras 10% que esqueceram o celular em casa. A ideia deve chegar ao Brasil, e prefeituras vão demandar orientadores de tráfego para fiscalizar se o pedestre não entra pela contramão enquanto curte o amigo no Facebook. Gritando em megafones, os agentes evitariam colisões frontais, com perda de dentes e hematomas generalizados. Seres humanos, infelizmente, não vêm com *airbag* de fábrica.

MOTIVAÇÕES:  3 Porra-louquice 5 Grana

Código de Trânsito Brasileiro para Pedestres com Smartphones nas Mãos

AS LEIS SERIAM APLICADAS EM VIAS PÚBLICAS E ÁREAS PRIVADAS COM GRANDE CIRCULAÇÃO DE GENTE, COMO SHOPPING CENTERS E IGREJAS EVANGÉLICAS. PARAR NO MEIO DA CALÇADA PARA FAZER SELFIES, ATRAPALHANDO O CAMINHAR DE OUTRAS PESSOAS QUE TROCAM MENSAGENS NO WHATSAPP, RENDERIA MULTA DE R$ 130,16. RADARES DE CONTROLE DE VELOCIDADE SERIAM INSTALADOS EM GRANDES AVENIDAS PARA EVITAR QUE CIDADÃOS ATRASADOS PARA PEGAR O ÔNIBUS CORRAM AO MESMO TEMPO EM QUE DÃO UM MATCH NO TINDER.

78. OUVIDOR DE HISTÓRIAS QUE NINGUÉM QUER OUVIR

Num mundo em que todos só querem falar, ouça!

Não se trata aqui de um ouvidor de empresas de telefonia ou cartão de crédito, que passa o dia sendo bombardeado por reclamações de clientes insatisfeitos. O ouvidor de histórias que ninguém quer ouvir é a pessoa que trabalha de forma independente, ocupa praças ou outros espaços públicos e se dispõe a dar atenção a gente solitária ou desamparada. Rola todo tipo de história, das façanhas juvenis de velhinhos hoje tristes ao desabafo da moça que brigou com o namorado.

Não existe uma remuneração para o trabalho desse tipo de ouvidor. Para eles, a melhor recompensa é fazer gente feliz e, assim, também ficar feliz. Não são proibidas, no entanto, contribuições financeiras por parte de quem quis contar sua história. Pode apostar que sai muito mais barato do que desabafar para um terapeuta em sessões semanais. Como ouvir os outros pode ser entendido como um projeto – de vida ou profissional –, os ouvidores têm também a possibilidade de contar com financiamento coletivo, o apoio de quem acha a causa interessante.

A principal competência para se tornar um ouvidor de histórias é gostar de ouvir. Pouca gente tem hoje a capacidade de gostar de ouvir. Vivemos uma era em que todos querem falar, mas ninguém quer ouvir. E, quando quer ouvir, só quer ouvir relatos breves, de preferência em 140 caracteres, porque paciência e concentração passaram a ter limite. Seja diferente! Pegue sua plaquinha com os dizeres "Ouço sua história", vá até uma praça pública perto de sua casa e bom trabalho. E outra dica fundamental: as histórias com as façanhas juvenis de velhinhos hoje tristes são as melhores.

79. PADRE

Do altruísmo ao Snapchat

Após tantos escândalos de pedofilia na Igreja Católica, começou a pegar mal dizer: eu quero ser padre. Nos rankings das ocupações mais sem prestígio, padre passou a ocupar a posição entre deputado do PMDB e jornalista. Mas não há crise de imagem que dure para sempre. Com o advento dos padres superstars e, mais recentemente, com o padre bonitão do Snapchat, está pegando súper bem dizer: eu quero minha batina. E muita gente não sabe, mas ser padre não é mais uma simples questão de vocação. É também uma fonte de renda. Padre também tem salário.

QUANTO GANHA UM PADRE?

Ao contrário de muitas outras profissões, não existe uma tabela de remuneração do sindicato. É o bispo de cada diocese que determina o valor do salário do padre, que costuma variar de dois a cinco salários mínimos. Em alguns casos, ele ainda tem direito a moradia e a alimentação. A assinatura do Netflix e do pay-per-view do Brasileirão é, naturalmente, à parte, mas não custa tentar negociar com o bispo, ainda mais se ele torcer pelo mesmo time que o seu. A remuneração dos sacerdotes é chamada de côngrua, mas, como parece mais nome de doença venérea, vamos chamar de salário mesmo. Ah, a tal remuneração está prevista no Código de Direito Canônico.

ALGUNS REQUISITOS

⇨ Ser padre exige altruísmo, que é a capacidade de pensar no bem de todos de uma forma genuína. Ajudar os outros sem esperar nada em troca. Num mundo cheio de egoísmo, taí uma boa missão para você.

⇨ É preciso ter, pelo menos, 25 anos de idade e ser do sexo masculino (sim, rola um machismo básico aí na Igreja Católica).

⇨ É sempre bom lembrar que o celibato (a proibição de casar ou sair por aí pegando geral) continua firme e forte, apesar de já estarmos no terceiro milênio. Ou seja, se você não consegue viver sem uma boa foda, nem pense em ser padre. Oi? Se a punheta tá liberada? Putz, agora você nos pegou. Na dúvida, tá tudo proibido.

⇨ Se você não se importar em ser o pároco daquela cidadezinha do tamanho de um cu cheia de gente feia, tudo bem você ser feio também. Agora, se você quer ser padre para bombar nas redes sociais, é recomendável que você tenha um pouco de *sex appeal*. Oi? Você quer saber se pode comer as fãs do Snapchat? Porra, não acabamos de falar do tal celibato?

⇨ Voto de pobreza já esteve na moda, mas hoje praticamente não existe mais. O que não significa, porém, que é para ostentar. Ser padre é desapegar-se de coisas materiais, não dar tanto valor para o conforto e, principalmente, não reclamar que o vinho da sacristia é um Sangue de Boi muito do safado.

MOTIVAÇÕES: **1** Idealismo **2** Vaidade

80. PALESTRANTE MOTIVACIONAL

Porque você também pode ser um vencedor!

Junte um pastor de igreja, um ator de *stand-up comedy*, um vendedor de cogumelo do sol e um político no corpo de uma única pessoa: esse é o palestrante motivacional. O mundo está cheio de *loosers* prestes a se atirar embaixo da roda de uma bicicleta e, por essa razão, precisa de profissionais capazes de invadir a mente dos derrotados e transformá-los nos seres mais felizes e confiantes do mundo. Com apenas meia horinha de palestra.

Para ter sucesso como pregador de ideias, é necessário cair no gosto do público e ter segurança total no palco. A plateia precisa acreditar que você domina todo o conhecimento que vomita, mesmo que você não acredite. Para isso, abuse das caras e bocas, das piadas, dos sorrisos, do olhar cúmplice ao céu, como se fosse evocar alguma luz divina. Coisa de guru mesmo. E aí é só salpicar frases do tipo "Pare de perseguir o dinheiro e comece a perseguir o sucesso" ou "Oportunidades não surgem. É você quem as cria".

O palestrante motivacional lidera os principais rankings de cagadores profissionais de regras, superando até os síndicos de condomínio. Escrever vários livros e contar histórias pessoais incríveis de superação (conseguir cortar as unhas do pé sozinho não é história incrível de superação, ok?) ajudam a valorizar o seu passe no mercado. Os iniciantes cobram R$ 1 mil por palestra. Os fodões, mais de R$ 20 mil. E importante: nunca demonstre suas fragilidades. Vida de guru das palestras é tão perfeita quanto as vidas perfeitas de Facebook.

MOTIVAÇÕES:

81. PAPARAZZO

Para quem não liga muito para boa reputação

O filme do profissional das imagens íntimas proibidas ficou meio queimado desde a morte da Lady Di, em 1997, quando a princesa sofreu um acidente automobilístico fugindo de fotógrafos inconvenientes, mas, se você não se importa muito com boa reputação, o campo de trabalho é bom. A cobertura da vida secreta de celebridades ou subcelebridades sempre deu à imprensa muito mais audiência do que falar de temas relevantes para o futuro do país. Ninguém quer discutir reforma política, o povo quer mesmo saber quem é o novo namorado da Grazi Massafera.

Para exercer a função, é preciso ter paciência e concentração. O clique certo pode demandar horas e mais horas de espreita atrás de alguma árvore e dura poucos segundos. Precisão para captar a imagem com o máximo possível de qualidade também é essencial. Geralmente, a presa está em movimento. E, claro, é recomendado ter também um bom preparo físico para sair correndo, caso o fotografado descubra seu trabalho e resolva tomar sua máquina.

O paparazzo pode ser um generalista (atirar para todos os lados) ou buscar especializações. Há, por exemplo, o paparazzo especializado em traições do humorista Marcelo Adnet e o paparazzo especializado em registrar celulites e estrias de famosas em praias da zona sul do Rio.

O profissional das imagens proibidas costuma ser independente, arca com os custos de sua produção e vende seu material para jornais, revistas ou sites interessados em publicá-lo. Algumas subcelebridades, como ex-quinta colocada do concurso Miss Bumbum 2014, costumam ter seu personal paparazzo. A moça exibe seu corpo sarado em alguma praia da zona sul do Rio fingindo não saber que está sendo fotografada por seu paparazzo pessoal, que, depois, planta a imagem "espontânea" na imprensa. A estratégia é indicada a quem quer aparecer a qualquer custo.

82. PARTICIPANTE DE COLETIVOS
Suruba criativa pra quem corre atrás

Qual o coletivo de gente criativa e solidária? É coletivo mesmo. Pode ser um coletivo cultural, jornalístico ou outros tantos mais. A ideia central de participar de um coletivo é fugir do eixo, da produção centrada nos velhos e grandes produtores. Os coletivos, que já existem em várias cidades do Brasil, principalmente nas capitais, precisam de gente que não ambicione status ou crescimento vertical, gente disposta a criar em conjunto e, principalmente, a correr atrás.

Você pode tentar participar de algum coletivo já existente ou criar com seus amigos outros coletivos. Além dos coletivos culturais (música, teatro, cinema, dança, etc. e tal), existem coletivos da área de comunicação, como os de jornalismo. A segmentação de público tem-se mostrado um caminho interessante, como agências de notícias específicas para abordar o feminismo, outra para falar de violência ou sobre mercado de trabalho para jovens.

O importante é respeitar a diversidade de pessoas e suas competências. Um coletivo de teatro precisa de atores, diretores, dramaturgos e também de gente capaz de captar patrocínios, de fazer parcerias com ONGs e empresas ou conhecer os canais de financiamento de governos. O financiamento do público que consome o bem cultural produzido pelo coletivo é opção bastante comum atualmente, com o popular *crowdfunding*.

Coletive-se!

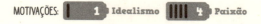

83. PARTICIPANTE DE REALITY SHOW

Quando a vida real vira profissão

Antigamente, se você perguntasse a uma criança "o que você quer ser quando crescer?", ela responderia ser médica, engenheira, advogada ou qualquer outra profissão clássica. As mais ousadas poderiam falar bailarina ou, talvez, astronauta. Hoje, o sonho de consumo da molecada é ser participante de reality show, com a vantagem de nem precisar crescer para isso, uma vez que esses programas de TV já ganharam versões kids ou júnior, uma espécie de categoria de base.

Existe todo tipo de reality show, para diferentes perfis de participante, do clássico confinamento em casas ou fazendas, a disputas musicais, culinárias, de moda, de sobrevivência na selva, de casais, de quem busca encontrar um amor, de aprendizes, de madames ricas e, brevemente, de anões. Participar deste tipo de programa virou profissão, ainda que temporária (o tempo de duração do reality). Com o fim da edição do programa, cada participante pode descolar outro tipo de emprego, de ator, chef de cozinha ou subcelebridade. Ou voltar à vidinha sem graça de antes.

Para ser um participante de reality show, a pessoa não pode ser tímida. Isso é básico. A menos que a Endemol invente A Casa dos Tímidos, o que não daria muito certo. Num reality de confinamento e relacionamento interpessoal, bom é não ter controle emocional, porque isso dá audiência e votos. Passar horas exibindo o corpo sarado ajuda. Falar um português errado e, assim, causar risos na audiência é outro diferencial. Competências técnicas são exigidas em competições de nicho. Não dá para estar no MasterChef sem saber cozinhar ou no The Voice se você é fanho.

As inscrições são feitas, geralmente, nos sites dos programas. É bom ficar atento aos prazos. Muitos processos de seleção pedem vídeos dos candidatos, então é bom caprichar na produção e não fugir do foco do reality pretendido. Rolam depois concursos dos vídeos mais bizarros. Os ganhos são variados, do prêmio máximo do programa a pequenas quantias ou bens oriundos de provas específicas. Há ainda os ganhos indiretos. Se o participante fica famosão, pode ter alguns contratos publicitários e eventos, mas só por um tempo, até ele voltar a ser anonimão.

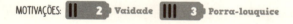

MOTIVAÇÕES: 2 Vaidade 3 Porra-louquice

O RETIRO DOS EX-BBBS

O local é uma espécie de Retiro dos Artistas, mas sem artistas, sem gente velha e sem o Stepan Nercessian. A casa reformada no Bairro de Laranjeiras, no Rio, abriga ex-BBBs e ex-participantes de outros reality shows esquecidos pela mídia. Apesar de não funcionarem, câmeras de TV foram instaladas em vários pontos do abrigo, para dar a sensação de que eles ainda são vigiados. Num confessionário improvisado, gravações com a voz de Pedro Bial também passam ao grupo a sensação de ainda estar na TV Globo. O conforto psicológico é preocupação central.

A casa também conta com uma piscina – essa funciona e tem água, apesar de gelada –, uma sala de musculação e farta distribuição de *whey* aos ex-BBBs que já não tinham mais dinheiro para comprar *whey*. A casa é mantida por doações de artistas famosos, como o apresentador Fausto Silva. Luciano Huck criou uma linha de camisetas para sua grife com a frase #SomosTodosEx-BBBs e destina 0,1% do valor das vendas para o abrigo. Sonia Abrão dá apoio na divulgação do projeto.

Para o presidente do Retiro dos Ex-BBBs, o ex-BBB e atual DJ Kleber Bambam, a ideia é que a permanência no abrigo "seje" de, no máximo, três meses, com a possibilidade de reintegração, aos poucos, dos abrigados à mídia. Há uma parceria com o programa TV Fama para esse resgate social. O abrigo dá muita liberdade a seus moradores. A única proibição é a leitura de livros.

84. PERSONAL QUALQUER COISA

Porque o povo precisa de um empurrãozinho

Para pessoas que têm grande dificuldade ou preguiça de fazer as coisas sozinhas – e elas existem aos montes –, nada melhor do que um empurrãozinho. A necessidade de ajudar quem não consegue andar pelas próprias pernas abriu campo de trabalho para muita gente. O profissional do empurrãozinho é também conhecido por "personal" qualquer coisa, ou um assistente pessoal. Vai do famoso personal trainer (para atividades físicas) ao personal organizer (ajuda o povo a organizar os sapatos num armário, por exemplo). O fato de os termos serem sempre em inglês confere ao personal qualquer coisa certo glamour, mas a carreira tem lá também seus sacrifícios.

Os requisitos mais técnicos variam em função da atividade do personal qualquer coisa. O personal trainer deve ter formação em educação física; o personal chef, saber cozinhar decentemente. O organizer, como o próprio nome diz, exige do profissional organização e conhecimento de como as coisas são dispostas numa casa. Para todos, contudo, uma coisa é essencial: ter paciência com o ser humano. Ou com bichos, no caso do personal pet. Uma boa capacidade de relacionamento pode criar vínculos muito fortes entre o personal qualquer coisa e seu cliente. Esse precisa de atenção, segurança e confiança de que as coisas vão dar certo no final.

COMO FISGAR SEU CLIENTE?

Em tese, todo mundo pode ter um personal qualquer coisa, ou seja, o mercado poderia ser muitíssimo amplo, mas, claro, nem todo mundo vai contratar um. Além da característica principal do cliente já mencionada aqui (não ter capacidade ou tempo de fazer as coisas sozinho), quem contrata um personal qualquer coisa precisa ter grana. Logo, circule em ambientes propícios a encontrar os endinheirados.

DICA!

Crie seu portfólio de clientes e, a partir destes, amplie mais e mais. O boca a boca é uma das mais fortes estratégias de marketing para o personal qualquer coisa. Um bom personal trainer é recomendado para os amigos e amigas de seus clientes. E faça um bom trabalho. Se o visual da madame faz o maior sucesso na festa, todos vão perguntar: quem é seu personal stylist?

MOTIVAÇÃO: ||||| 5 Grana

85. PLANEJADOR DE E-LEARNING

A arte de inventar cursos pra quem mora longe

Morar longe da escola, falta de dinheiro e aulas sem graça não são mais desculpas para não estudar. A febre do ensino a distância pela internet, com cursos de temas variados e preços acessíveis, trouxe muitas pessoas de volta à sala de aula, mesmo que a sala de aula seja o quarto de casa, em frente ao computador, com alunos de pijama cheio de remendos na bunda.

Esse novo mercado da educação abriu espaço para o trabalho do planejador de *e-learning*, que pensa e formata cursos *on-line* para instituições de ensino. O salário parte de R$ 3 mil. Qual o conteúdo a ser estudado? E a carga horária? Sacaneio ou não sacaneio os alunos no *quiz* final de cada módulo? Este é o ponto de partida do trabalho.

O planejador de *e-learning* deve entender de pedagogia, saber escrever bem e ter conhecimento de design na web para criar o ambiente virtual das aulas, de forma interativa e com visual atraente, misturando textos, fotos, ilustrações e vídeos. Tudo para fisgar a atenção do aluno, de pijama com remendos na bunda ou não.

MOTIVAÇÃO: ||||| 5 Grana

86. POLÍTICO HONESTO

Quando o básico é diferencial

Ok, você vai me dizer que ser político desonesto dá mais grana. E você tem toda razão. Um por cento de comissão em uma obra de milhões é um belo um por cento. Só que a casa está caindo para os escrotos da política, que sempre acreditaram que não seriam presos por tantas falcatruas. Mais: o eleitor já está de saco cheio de políticos picaretas. Que tal você ser a renovação?

Não é fácil encontrar políticos dispostos a lutar de fato pelo bem do país, gente em quem a população possa depositar a sua confiança e, por essa razão, esse é um bom caminho para você trilhar, caso tenha boas intenções. Para ser um político honesto, a única exigência é ser honesto. Isso mesmo, simples assim. O que deveria ser condição básica passou a ser grande diferencial.

MOTIVAÇÃO: **1** Idealismo

OS 10 MANDAMENTOS DO POLÍTICO HONESTO

1. NÃO COBRARÁS PROPINA DE EMPREITEIRO, NEM DE QUALQUER OUTRO EMPRESÁRIO.

2. NÃO FARÁS CAIXA DOIS EM TEMPOS DE ELEIÇÃO.

3. NÃO MENTIRÁS SOBRE CONTAS SECRETAS NA SUÍÇA EM CPIS, OU MELHOR, NEM TERÁS CONTAS NA SUÍÇA.

4. NÃO CASARÁS COM EX-JORNALISTA DA GLOBO DE OLHOS ESBUGALHADOS QUE LAVARÁ DINHEIRO EM SAPATOS.

5. NÃO MALOCARÁS DÓLAR NA CUECA.

6. NÃO DESVIARÁS O DINHEIRO DA MERENDA.

7. NÃO SUPERFATURARÁS OBRA.

8. NÃO BARGANHARÁS CARGOS DE PRIMEIRO, SEGUNDO OU TERCEIRO ESCALÃO EM QUALQUER GOVERNO.

9. NÃO APERTARÁS A MÃO DE PAULO MALUF EM TROCA DE APOIO POLÍTICO.

10. NÃO COBIÇARÁS O ESQUEMA FRAUDULENTO DO PRÓXIMO.

87. PROFESSOR

Bem mais do que pedagogias e tais

Após poucos meses de trabalho, o professor Vanderlei Luxemburgo foi demitido de um clube de futebol chinês e recebeu R$ 20 milhões como prêmio por seu fracasso. E tem gente que ainda diz que professor não é valorizado! Ops, fizemos uma confusão: o espaço aqui não é para falar desse tipo de professor! Professor de verdade é o profissional que, apesar de tantas adversidades – sobretudo as financeiras –, resiste em uma das missões mais importantes que existem, a de ensinar, ainda mais num país como o nosso, que só conseguirá evoluir por meio da educação.

Ser professor é uma das profissões das antigas, mas que nunca sai de moda. Professores, assim como médicos, serão necessários sempre. E professores são um pouco médicos também, pois, em muitos casos, tratam uma educação doente. É a profissão de gente apaixonada pelo ofício. Outras características: ter paciência (para não quebrar o celular do aluno que fica no WhatsApp durante a aula) e capacidade de conquistar o respeito da turma (até para evitar a cena anterior).

Hoje, existem professores de tudo, do maternal ao pós-doutorado. Professores de inglês, alemão, espanhol, mandarim, russo e, claro, português, professores particulares ou de multidões, professores de cursos técnicos, professores de ensino a distância, professores de magia e bruxaria de Hogwarts, professores de zumba, professores de pole dance, professores Pasquales (que infernizam se você botar uma crase no lugar errado). Campo de trabalho é o que não falta.

SER PROFESSOR É...

... IR ALÉM DOS LIVROS DIDÁTICOS, PEDAGOGIAS E TAIS. PROFESSORES NÃO SÃO MEROS TRANSMISSORES DE CONHECIMENTO, ELES AJUDAM A FORMAR CIDADÃOS, SERES HUMANOS MAIS HUMANOS. SER PROFESSOR É ABRIR CABEÇAS, DESPERTAR INQUIETAÇÕES, É TREINAR OUTROS OLHARES PARA A VIDA, É MOSTRAR A DUREZA DO MUNDO SEM DESMOTIVAR, DISCORRER SOBRE AS COISAS BOAS DO MUNDO SEM ILUDIR. SER PROFESSOR É JAMAIS DESISTIR DOS ALUNOS QUE INSISTEM EM DESISTIR DOS PROFESSORES, É ENCHER O PEITO E DIZER CHEIO DE ORGULHO A SEUS PUPILOS: "VOCÊS ESTÃO CADA DIA MELHORES, E ISSO NÃO É POUCA MERDA, NÃO".

88. PSICÓLOGO

Tá todo mundo louco, oba!

Na teoria, jamais faltará trabalho aos psicólogos, porque o mundo está cheio de gente estranha e neurótica, e os consultórios teriam pacientes pelos próximos 300 anos. O problema é que 99% dessa gente estranha e neurótica tem certeza de que não é estranha e neurótica. Cabe ao psicólogo libertar essas pessoas da ignorância. Mas elas costumam não deixar. O desafio é grande.

Apesar de a imagem do psicólogo estar muito associada ao ato de clinicar, ao divã, ao seriado Sessão de Terapia do Selton Mello e à frase "sua sessão acabou" após aquela olhada firme no relógio, as frentes de trabalho são muitas atualmente. Os psicólogos estão nos departamentos de Recursos Humanos das empresas, na área de Marketing mapeando novos comportamentos humanos, orientando as pessoas na escolha de uma profissão (não é o caso deste livro). Por isso, o curso de Psicologia voltou a figurar entre os mais procurados de muitas universidades.

Para ser psicólogo, você não precisa ser uma pessoa súper bem resolvida emocionalmente. Assim como médicos sedentários são permitidos, o mesmo serve para psicólogos neuróticos e, até mesmo, psicóticos. Uma competência valorizada é a sabedoria de ouvir e de não fazer julgamentos. O psicólogo também não é obrigado a resolver problema de ninguém. Ele ajuda a promover o despertar, indica caminhos e cada um que cuide de melhorar sua vida, porra.

A Psicologia tem várias correntes modernas, como a analítica, a humanista, a cognitiva, entre outras. As terapias alternativas também são uma área de trabalho, como a regressão de vidas passadas, que ajuda a pessoa a observar as merdas que ela fez séculos atrás quando era uma bacana da realeza francesa ou um carrasco. O certo é: o psicólogo precisa gostar muito de estudar e ampliar seu conhecimento. É uma profissão de apaixonados.

EM ALTA

A criança vive isolada, pouco fala e não tem bom rendimento na escola. Os pais, naturalmente preocupados, decidem levar o filho a uma sessão de terapia, mas, para a surpresa geral, descobrem que quem mais precisa de terapia naquela casa são os próprios pais. Estranhos somos todos nós, e não apenas nossos filhos estranhos. Por essa razão, a figura do terapeuta familiar tem conquistado bastante protagonismo na área. A terapia familiar exige do profissional uma habilidade enorme para lidar com aquela galera toda vomitando autoconhecimento ao mesmo tempo. Mas o valor de um pacote família faz esse sacrifício valer a pena.

MOTIVAÇÕES: **1** Idealismo **4** Paixão

TERAPIA VITALÍCIA

TODO MUNDO JÁ OUVIU FALAR EM DEPENDÊNCIA QUÍMICA (ÁLCOOL, REMÉDIOS E OUTRAS DROGAS) OU DEPENDÊNCIA A SEXO, QUE LEVA MUITA GENTE A SESSÕES DE TERAPIA, MAS POUCA GENTE CONHECE A DEPENDÊNCIA A SESSÕES DE TERAPIA. A ARQUITETA FABIANA (*NOME ALTERADO A PEDIDO DE MÁRCIA ARRUDA FONSECA, QUE NÃO QUERIA TER SUA IDENTIDADE REVELADA NESTE DEPOIMENTO*) NÃO CONSEGUE FICAR UMA SEMANA SEM VISITAR A SUA TERAPEUTA. FAZ ISSO HÁ EXATAMENTE 17 ANOS. MÁRCIA, OU MELHOR, FABIANA TEM PROCURADO OUTROS TERAPEUTAS PARA TENTAR CURAR SUA DEPENDÊNCIA À TERAPIA, O QUE, NA VERDADE, SERVE PARA POTENCIALIZAR O PROBLEMA. "PRECISO DESABAFAR, PRECISO FALAR DE MEUS DRAMAS A UM PROFISSIONAL, MESMO QUE ELE ESTEJA DORMINDO", DESABAFA. ACONSELHADA A DESABAFAR NO FACEBOOK, QUE SAIRIA MUITO MAIS BARATO, FABIANA NÃO TOPOU. DEIXAR DE IR A UMA SESSÃO DE TERAPIA CRIA UM PUTA VAZIO EM MUITOS PACIENTES, UMA INCOMPLETUDE E, COMO OS ESTUDIOSOS DA MENTE HUMANA AINDA NÃO CONSEGUIRAM BOTAR A CULPA DISSO NOS PAIS, ESSE TIPO DE DEPENDÊNCIA AINDA NÃO FOI EXPLICADO E COMPREENDIDO. O FENÔMENO ABRE UM CAMPO DE TRABALHO ETERNO A MUITOS PSICÓLOGOS.

89. PUBLICITÁRIO QUE FAZ COMERCIAL DE CERVEJA SEM MULHER GOSTOSA

Esqueça a velha receita de bolo

A publicidade brasileira, pobrezinha, está carente de gente criativa. Ninguém aguenta mais ver comercial de cerveja com mulher gostosa ou comercial do sabão em pó "A" que lava mais branco que o sabão em pó "B". Quem conseguir fugir da fórmula pronta e contar histórias mais sedutoras terá espaço nas agências. O mercado precisa de novas ideias.

Exercitar a criatividade requer consumir literatura, cinema, teatro, música, artes plásticas, novela bíblica na Record. De tudo, sem preconceito. É sair com os amigos, viajar pelo mundo. Ter bagagem cultural hoje em dia é um grande diferencial para os publicitários. Outro requisito é não ter medo de errar. Quer arriscar?

O publicitário moderno não pode ficar refém da velha receita de bolo. Só porque ganhou um Caboré em 2004 acha que tudo vai ser maravilhoso do jeito que sempre foi. Tem que estar aberto às mídias digitais e à criação de conteúdo mais relevante, tipo *branded content*, que valoriza histórias reais, próximas ao dia a dia das pessoas. Esse lance de comercial de margarina com a família feliz no café da manhã já está meio surreal.

90. RECICLADOR DE LIXO ELETRÔNICO

Porque milhões de iPhones viram sucata todo ano

O povo só quer reciclar latinha de cerveja. E celular velho? Impressora bichada? Ninguém quer. E é justamente por isso que se tornar o dono de um pequeno negócio de reciclagem de lixo eletrônico é bem interessante. Ganha-se dinheiro e presta-se um enorme favor ao meio ambiente. Enquanto um exemplar de papel da revista Veja descartado na natureza polui apenas por seu conteúdo editorial tóxico, um celular consegue ser bem pior, por conter diversas substâncias químicas que contaminam águas e solos.

De acordo com um relatório do Programa da ONU para o Meio Ambiente (PNUMA) de 2015, a indústria eletrônica, uma das que mais crescem em todo o mundo, gera a cada ano 41 milhões de toneladas de lixo eletrônico e esse número pode chegar a 50 milhões de toneladas em 2017. O mercado global de resíduos, da coleta até a reciclagem, é estimando em 400 bilhões de dólares ao ano em todo o mundo, gerando emprego e grana a quem quiser trabalhar nele.

Para montar um negócio de reciclagem, a matéria-prima, ou seja, o lixo eletrônico a ser reciclado, é de graça, mas existem alguns custos iniciais para a compra de equipamentos, como um bom triturador. O negócio é indicado, assim, a quem tem um capital para investimentos. Trata-se de uma opção de trabalho mais elitizado, que dispensa, inclusive, carroceiros e seus fiéis vira-latas. Como o lixo eletrônico é pesado, seu transporte costuma ser feito em carros maiores. Entidades, como o Sebrae, dão orientação a quem quer abrir o negócio.

91. RECUPERADOR DE ÁREAS URBANAS DEGRADADAS

Trabalhe na UTI das cidades

O mau planejamento das cidades por parte de governos e a ação de empresas privadas que esculacham o meio ambiente são apenas dois exemplos do caos nos principais centros urbanos do país. É concreto engolindo vegetação, rios que viram esgotos, carros que espremem ciclistas e pedestres num fiapo de asfalto. A vida na cidade grande está na UTI, mas tem salvação.

Este é o trabalho do recuperador de áreas urbanas degradadas, responsável por elaborar e executar planos para livrar as cidades desse caos todo. E bota caos nisso – os danos vêm de décadas e mais décadas de exploração predatória e abandono. Desafio para quem tem formação em urbanismo ou engenharia ambiental, e para os idealistas que queiram se especializar na área.

O salário é bom, afinal é muita desgraceira para resolver. Um recuperador com pelo menos cinco anos de experiência chega a ganhar de R$ 10 mil a R$ 15 mil por mês. Ele pode ser contratado por órgãos públicos ou empresas privadas. Além de consertar as cagadas do passado, sua missão é evitar que elas se repitam no presente e no futuro. Já foi o tempo em que uma indústria poluía o meio ambiente numa boa sem ter que prestar satisfação à sociedade.

MOTIVAÇÕES:  1 Idealismo 4 Paixão

92. REDATOR CRIATIVO PARA SINOPSE DE FILME PORNÔ

Por mais amor e menos ninfetas safadas

O mercado audiovisual da sacanagem não precisa apenas de mulheres gostosas e homens bem-dotados. Precisa de mentes criativas para escrever sinopses mais atraentes para os seus filmes. A sinopse é uma breve apresentação do que é a história, usada para fisgar o público que compra conteúdo erótico em canais da TV paga ou de internet.

Esse público está mais exigente. Ninguém mais é seduzido por frases como "praias deslumbrantes são o cenário perfeito para encontros do prazer, com muita orgia selvagem" ou "ninfetas safadas à procura de negões para realizar suas mais loucas fantasias". Hoje, muitas mulheres têm consumido filmes pornôs e preferem descrições mais românticas. Chega de "paus avantajados" e "cus arrombados". Por mais amor e carícias nas sinopses.

Um grande desafio do redator é falar sobre o enredo de filmes que, no geral, não têm enredo. Mais uma razão para o mercado procurar profissionais criativos. Não dá para fazer sinopses sem assistir aos filmes. Para quem curte cinema "adulto", a ideia parece legal, mas saiba que o redator chega a ver cinco filmes por dia. Dar uma adiantada nas cenas repetidas não causa demissão. É imprescindível ter estômago resistente a filmes com escatologia e outras bizarrices.

93. RELAÇÕES INTERNACIONAIS

Sobre política, economia e bombas do Estado Islâmico

Trabalhar com relações internacionais não significa ir a Ibiza fazer uma social com aquela galera bronzeada da praia. Muito menos ir ao Paraguai negociar umas muambas eletrônicas. O profissional da área cuida da relação entre povos, nações e empresas para promover acordos políticos, militares, econômicos e culturais. Sem putaria, ok?

A tal globalização, impulsionada por novas tecnologias, eliminou fronteiras e ampliou tratados de livre comércio. E todo mundo quer se dar bem nessa história. O profissional de relações internacionais ganha importância neste contexto, sendo contratado por empresas privadas, embaixadas, ONGs e instituições globais como a ONU.

Outro caminho é seguir a carreira acadêmica. Se você ler pra cacete e se especializar em algum tema da moda, tipo a escalada do terrorismo no mundo, pode se tornar um analista internacional da moda e ser entrevistado na Globo News toda vez que o Estado Islâmico explodir umas bombas na Europa. É essencial falar vários idiomas. A vida real não é uma novela da Glória Perez.

94. SOCIAL MEDIA

Muito mais do que piadinhas de Facebook

Embora o *social media* seja conhecido como o cara que passa o dia inteiro no Facebook postando frases engraçadinhas em busca de likes, sua função é bem maior que isso. Ele também cria *memes* engraçadinhos em busca de likes. E, claro, cuida da gestão das mídias sociais de uma empresa, planejando ações e produzindo conteúdo na web. É popularmente chamado de *"xoxo media"*.

O mercado é dominado pela turma de comunicação e artes. O *social media* deve ser antenado em novas tecnologias, ter bom texto e conhecer programas de designer gráfico. Cabe a ele interagir com os internautas que acessam as redes sociais da empresa. É desejável equilíbrio emocional para lidar com críticas e elogios – mais críticas do que elogios –, sem mandar os *haters* para a PQP.

MOTIVAÇÕES: **4** Paixão **5** Grana

O *social media* já foi homenageado pelo cantor Seu Jorge, em uma versão de "Burguesinha"

É FACEBUQUEIRO
AMA UMA CURTIDA
POSTA O DIA INTEIRO
VAI QUE VIRALIZA.

É TUITEIRO
JÁ FOI ORKUTEIRO
POSA DE BLOGUEIRO
E DE JORNALISTA.

SUA MÃE RECLAMA
VOCÊ NÃO TRABALHA?
ISSO AÍ DÁ GRANA?
PROFISSÃO QUE NADA.

VAI PRA BALADA
SEM SAIR DE CASA
SÓ NO WHATSAPP
ATÉ DE MADRUGADA.

SOCIAL MEDIA, SOCIAL MEDIA
SOCIAL MEDIA, SOCIAL MEDIA
SOCIAL MEDIA
QUEM ELE É?
SOCIAL MEDIA, SOCIAL MEDIA
SOCIAL MEDIA, SOCIAL MEDIA
SOCIAL MEDIA
FAZ O QUE QUER.

SOCIAL MEDIA, SOCIAL MEDIA
SOCIAL MEDIA, SOCIAL MEDIA
SOCIAL MEDIA
NO INSTAGRAM
SOCIAL MEDIA, SOCIAL MEDIA
SOCIAL MEDIA, SOCIAL MEDIA
SOCIAL MEDIA
LOUCO POR FÃ.

95. SUBCELEBRIDADE

Deixe o fracasso subir à sua cabeça!

Quem nunca sonhou em ser a atração, quiçá principal, do programa da Luciana Gimenez? Hein? Ninguém? Sim, ninguém. Todos preferem a badalação – e a bajulação – dos programas do Faustão ou da Angélica, mas uma ressalva seja feita: o mercado de estrelas tem dado fortes sinais de saturação e, nos últimos anos, muitas oportunidades de trabalho foram criadas no sub-mundo das subcelebridades.

A profissão é ideal para quem não tem talento, mas, ainda assim, sonha brilhar (um sub-brilho, claro). Tem gente que nasce para ser Gisele Bündchen e tem gente que nasce para ser Geisy Arruda. Dane-se! Seja, ao menos, a melhor Geisy Arruda pos-sível. A carreira de subcelebridade, que ganhou força com os incontáveis reality shows da TV e com as tosqueiras da internet, pode durar longos anos ou ser meteórica, por isso, o profissio-nal deve ter muita dedicação, resiliência e, vez ou outra, armar algum tipo de barraco na mídia.

REQUISITOS

⇨ Se para ser uma estrela global não é preciso talento em muitos casos, para ser subcelebridade, então, muito menos. Gostou, né? Não é necessário também nenhum tipo de estudo ou experiência anterior.

⇨ Ter a capacidade de chamar a atenção da mídia por razões bizarras, tipo comer pilhas ou fazer um casamento para 800 pessoas mesmo sem grana.

⇨ Um corpo sarado ajuda muito, principalmente se a ideia do primeiro emprego for num Big Brother Brasil da vida.

⇨ Não ter muita autoestima ou ambição.

⇨ Suportar rejeições e humilhações sem pensar em suicídio é requisito desejável.

ONDE (SUB)ATUAR?

⇨ Desfiles de roupas íntimas da Associação dos Lojistas do Brás ou algum evento de moda no shopping de Osasco.

⇨ Bailes de debutante de gente sub.

⇨ Atacar de DJ meia-boca em festa sub.

⇨ Festa de aniversário do Neymar ou da irmã do Neymar ou de algum parça do Neymar.

⇨ Estrela de comercial de marca de cerveja ruim e que ninguém conhece.

⇨ Atuação em pegadinhas na TV (chance de exercitar veia cômica).

⇨ Participar de debates quentes – tipo "você é a favor ou contra o sexo nos bailes funk?" – em programas como o da Luciana Gimenez.

Atenção: o cachê varia muito, podendo ir de R$ 500 a R$ 10 mil por evento.

O LADO BOM E O LADO RUIM

A existência de muitos sites, blogs e programas de TV de fofocas sobre subcelebridades torna bastante fértil o campo de atuação. O que seria do TV Fama sem o Kleber Bambam? O campo é tão fértil que muitas subcelebridades chegam até a contratar subassessores de imprensa, para plantarem subnotícias aqui e ali.

No entanto, esse é um mercado cheio de altos e baixos e, em função dessa instabilidade, fique muito atento! Se até a Sonia Abrão resolver te esquecer, é hora de agir para não evaporar. Invente qualquer coisa, uma nova depilação íntima, uma nova *tatoo*. Faça um filho fora do casamento, se for necessário. Mas volte rapidamente à submídia.

MOTIVAÇÕES: **|| 2** Vaidade **||| 3** Porra-louquice

Entrevista: A receita do subsucesso

(THÁBBATA KELLEN, EX-QUINTA COLOCADA DO CONCURSO MISS BUMBUM E EX-QUASE DANÇARINA DO LATINO)

O que é o subsucesso para você?

É BATALHAR MUITO E TER TODO ESSE ESFORÇO RECOMPENSADO, GRAÇAS A DEUS. E INCOMODAR AS PESSOAS INVEJOSAS.

Há muitas pessoas invejosas?

SIM, AS PESSOAS TÊM O CORAÇÃO RUIM, CHEIO DE MALDADE E NÃO SUPORTAM AS CONQUISTAS E, PRINCIPALMENTE, OS FRACASSOS DOS OUTROS.

O que representa para você ter sido a quinta colocada do Concurso Miss Bumbum 2014?

ISSO ABRIU MUITAS PORTAS PARA MIM.

Que tipo de trabalho pintou depois do concurso?

MUITA COISA LIGADA À DANÇA, QUE É A MINHA PRAIA PRINCIPAL. GOSTO DESSA COISA DE ME EXPRESSAR POR MEIO DO CORPO.

Você quase foi dançarina do Latino, verdade?

FIQUEI 90 DIAS COMO DANÇARINA DELE E, DEPOIS DESSE PERÍODO DE EXPERIÊNCIA, FUI DEMITIDA PORQUE O LATINO RESOLVEU OPTAR POR UMA EX-PANICAT. FOI UM TRABALHO SUPERVÁLIDO.

Dá dinheiro?

TENHO QUE REBOLAR MUITO, MAS GANHO HOJE MAIS DO QUE EU GANHAVA QUANDO ERA CAIXA DO CARREFOUR LÁ EM SEROPÉDICA.

Uma inspiração?

ANDRESSA (URACH), CLARO.

Thábbata Kellen por Thábbata Kellen:

UMA GUERREIRA. ALIÁS, POSSO DEIXAR MEU CONTATO PRA SHOWS?

96. TRADUTOR INTERNETÊS-PORTUGUÊS

Oportunidade para jovens alfabetizados na web

A turma mais velha pira quando entra numa rede social pela primeira vez: que porra de idioma é esse? Húngaro? Javanês? Não, é o internetês. A linguagem da internet costuma ter abreviações (coisa desse nosso mundo apressado), códigos e emoticons, figuras virtuais com expressões e, claro, significados. Para entender essa linguagem maluca, é preciso chamar um tradutor.

Só um tradutor é capaz de explicar a diferença entre "Rs" ("riso" no internetês arcaico) e "KKK" ou "shuashuahs" (versões mais modernas do vocábulo). Há verbos de difícil compreensão, como o "shippar", que vem do inglês "relationship" e quer dizer "curtir o relacionamento de um casal". Exemplo: "Eu shippo Justin e Selena". Juntos formam o "Jelena", o resultado da shippada. Consegue entender?

O tradutor deve conhecer conjugações verbais – eu shippo, tu shippas, ele shippa – e regras gerais de gramática na web. Essa é uma área de atuação dominada pelos jovens. Muitos começam a ser alfabetizados no internetês aos 2 ou 3 anos de idade, geralmente de forma autodidata e antes mesmo de aprender o português. Nem precisam frequentar escolas bilíngues.

97. TRAFICANTE DE LIVROS

Uma profissão do futuro (tenebroso)

Ainda não chegamos a um mundo em que ter um livro em casa se tornou crime passível de você ser queimado vivo, como escreveu Ray Bradbury em seu *Fahrenheit 451*, mas estamos quase lá. Ler um livro, ainda mais se for um livro impresso, com mais de 200 páginas e não falar de religião ou culinária é cada vez mais coisa de gente estranha e marginalizada. Previsões pessimistas dão conta de que, num futuro próximo, as prateleiras das livrarias – se ainda existirem livrarias – serão ocupadas apenas por caixas de lápis para colorir da Faber-Castell nas versões 24, 36 ou 48 cores.

Nesse futuro tenebroso, o profissional do tráfico de livros surgirá para fomentar o vício literário de quem não sucumbiu a outro vício bem pior, o de colorir a *Floresta Encantada*. Se você considera o tráfico de livros oportunidade interessante de trabalho, prepare-se desde já. Não se trata, claro, de um ofício para quem quer ganhar dinheiro, aliás, nunca foi. Trabalha-se no ramo por paixão.

Os sebos seriam transformados em uma espécie de "boca" para a venda dos livros, sendo transferidos para locais ainda mais escondidos do que já são atualmente. O traficante de livros poderia começar a carreira como "vapor" (contato direto com a clientela) e chegar até a "dono da boca", ou melhor, do sebo. Se o comprador do livro não pagar a mercadoria entregue, ele não será morto pelo dono da boca, porque só o fato de alguém levar o livro já o deixará feliz demais.

98. VENDEDOR DE TEKPIX NA TV

Vamos falar de coisa boa?

Os programas sensacionalistas da TV aberta e sua arte de propagar desgraças são uma praga que aumentam a cada dia. O bom é que, com eles, vem o merchandising. O momento do merchan traz um pouco de alívio ao coração dos espectadores. Como é bom falar da câmera fotográfica digital após a história da mulher que cortou o pinto do marido infiel, picou e misturou na ração do gato!

Enquanto houver Datenas e Christinas Rochas na TV, haverá mercado de trabalho para os profissionais do merchan. É preciso estar preparado para vender de tudo, de Tekpix a óleo de fígado de bacalhau. O vendedor deve estar sempre feliz. O sorriso é o seu ponto forte, principalmente se for anunciar uma nova clínica de implante dental que parcela os seus serviços em 36 meses.

É importante saber interagir de forma natural com os apresentadores, contando piadas e fofocas como se fossem amigos há décadas, mesmo que o apresentador nem olhe na sua cara nos bastidores do programa. Um pouco de falsidade enriquece o perfil desse profissional. A carreira é indicada aos vaidosos, já que é uma porta de entrada (pelos fundos) para a televisão.

99. VENDEDORA DE NUDES PELA WEB

Seja uma provedora de conteúdo erótico

Posar nua não é mais privilégio das celebridades que estampam capas das revistas *Playboy* ou *Sexy*. As novas tecnologias democratizaram a arte de expor peitos, bundas e os recantos provocantes do corpo. Vivemos a era do nude. E o melhor: vender fotos sem roupa virou um negócio rentável. A distribuição das imagens é feita por grupos de WhatsApp ou redes sociais como o Snapchat.

O trabalho é mais comum entre mulheres jovens (de 20 a 25 anos), com um corpão. Ter piercings e tatuagens contribui para deixar a clientela taradona. Outros requisitos necessários para ser modelo de nude é curtir passar horas diárias na academia e recorrer a eventuais retoques cirúrgicos. Vender nudes exige ainda criatividade para sempre renovar o repertório de fotos em posições sensuais. E, claro, ter um bom smartphone.

Especialistas em sacanagem digital afirmam que, no futuro, o mercado deverá ir além das jovens gostosas, atraindo também modelos gordinhas, idosas, homens, gays, lésbicas, anões e toda a variada fauna humana, afinal, as taras dos consumidores são também bem democráticas.

PACOTES POR ASSINATURA

O COMÉRCIO DE NUDES É FEITO POR ASSINATURA. MODELOS INICIANTES COBRAM A PARTIR DE R$ 10 POR UM PACOTE MENSAL. AS MAIS EXPERIENTES E COM CLIENTES FIXOS (MUITOS GRINGOS) PEDEM DE R$ 50 A R$ 200. QUANTO MAIS CARO O PACOTE, MAIOR A QUANTIDADE DE FOTOS, COM DIREITO A PEDIDOS PICANTES *ON DEMAND*. UMA BOA VENDEDORA (OU UMA VENDEDORA BOA) PODE GANHAR ACIMA DE R$ 2 MIL POR MÊS.

100. VIGIA DE BONS COSTUMES EM REDES SOCIAIS

#xôvioladores #xôpreconceito #xôhaters

A boa convivência entre os usuários das redes sociais requer regras de etiqueta. É proibido, por exemplo, fazer apologia à violência, incentivar o uso de drogas, praticar *bullying*, divulgar pornografia infantil, manter comércio ilegal de produtos e, claro, jogar na roda virtual fotos de amigos bêbados desfilando pelados pela casa.

O vigia de bons costumes está de olho nessa sacanagem toda. Um olhar eletrônico, afinal o vigia é um programador que cria códigos para rastrear a ação dos violadores de conduta. As redes sociais têm também canais para receber avisos de quem anda pisando na bola, um "Clique-Denúncia". Aí já é outra programação para remover as publicações denunciadas ou barrar seus criadores.

O trabalho do vigia está em constante atualização, uma vez que as empresas que administram as redes sociais divulgam sempre novas orientações sobre o que é ou não proibido, e criam ferramentas mais eficazes de controle. O alvo principal dos vigias são os *haters*, uma turma do mal que adora sacanear gays, negros, índios, estagiários e outras vítimas de preconceito.

101. YOUTUBER

Seja dono do seu próprio canal de TV

No princípio era o vlog. Então chegou o YouTube, com a força do deus Google, e fodeu tudo. Hoje, pega até mal dizer que você tem um vlog (é como ter doença venérea). O sonho atual de quem tem menos de 20 anos – e mais de 20 também – é ter um canal bombado no YouTube, milhões de seguidores e grana no banco. Ser youtuber era brincadeira de adolescente; agora virou profissão.

Além de uma conta e um canal do YouTube, que são gratuitos, para ser um youtuber, é necessária uma câmera digital, que pode ser a de seu celular ou aquela que você parcela em 20 vezes nas Casas Bahia. Então é só começar a gravar seus programas caseiros, como se você fosse o dono de seu próprio canal de televisão. Youtubers de sucesso costumam ser autênticos e realistas (situações comuns e cotidianas ajudam a criar um vínculo forte com os seguidores) e abusar do bom humor. Deixe a arte de ser ranzinza para os que ainda têm um vlog.

Para viver de YouTube, é preciso conquistar centenas de milhares ou milhões de inscritos em seu canal e, para isso, é preciso ter um conteúdo relevante. Não adianta fazer qualquer vídeo merda e achar que ele será um sucesso. Também não adianta fazer apenas um vídeo bom. Um canal de YouTube precisa combinar conteúdo bom com periodicidade definida para as publicações. E paciência, ok? Nenhum canal do YouTube torna-se um fenômeno da noite para o dia.

Por que é importante ter muitos seguidores? Porque a grana paga pelo Google depende de quantas pessoas assistiram à publicidade de seus vídeos. São centavos por visualização, mas, de merreca em merreca, tem youtuber que já fatura mais de R$ 50 mil por mês. O fato de alguns adolescentes estarem ganhando uma grana alta desperta a inveja de muito engravatado que estudou anos numa faculdade de ponta para hoje ser explorado. Bem-vindos aos novos tempos.

APÊNDICE_1

MANUAL DE SOBREVIVÊNCIA PARA JOVENS EM INÍCIO DE CARREIRA

CONTROLE A EJACULAÇÃO DE EXPECTATIVAS PRECOCE. O mundo está veloz, os jovens estão velozes, mas nem sempre nossos projetos dão certo na rapidez de um snap. Tenha paciência e persistência. Crescimento profissional não é instantâneo.

RELAXE! O jovem hoje precisa falar inglês, francês, alemão, espanhol, mandarim, russo, dominar mil tecnologias, ter um milhão de competências comportamentais e, o principal, ter a capacidade de não se assustar com tantas exigências.

TENHA DÚVIDAS, pergunte aos mais velhos, por mais que os mais velhos pareçam tão obsoletos quanto seu iPhone 5S. Não ache que você já sabe tudo. Você sabe de nada, inocente. Quem tem dúvidas tem a chance de aprender. E crescer.

NÃO TENHA VERGONHA DE SE EXPRESSAR. Mas é bom lembrar que vida profissional real não é rede social da web. Opine com cuidado, evite hashtags e kkkks.

NÃO SINTA VERGONHA DE SEU CURRÍCULO ANORÉXICO, apesar da Arial corpo 16 espaçamento duplo que você botou para dar uma engordada. No início, todos somos inexperientes. Valorize as boas atitudes que você tem. Alguma você tem, né?

Ao contrário de nossos pais e avós que tinham empregos bonitos com carteira assinada por 30 anos, hoje precisamos ter projetos. **Tenha projetos**, tenha ideias, inove. Gente criativa, que busca soluções, sobrevive em qualquer lugar e tempo.

NÃO RECLAME. Quando você estiver descontente com sua carreira que está apenas começando, lembre que há pessoas que passam a vida inteira inseminando vacas ou limpando vômito em parques de diversão. E nem por isso ficam com mimimi.

APÊNDICE_2

SETE DICAS PARA NÃO FAZER MERDA NA HORA DE PROSPECTAR O SEU PRIMEIRO TRABALHO

Jovens não têm vergonha de pedir um emprego ou qualquer oportunidade de trabalho, o que é louvável, mas faça isso sem queimar o próprio filme, por favor! Seja por e-mail, numa conversa fechada no LinkedIn ou pelo WhatsApp, mensagens de prospecção exigem muitos cuidados.

1. Fuja dos formalismos: a expressão "venho por meio desta", por exemplo, é mais decadente do que o epitáfio "aqui jaz fulano de tal". Fuja também das gírias e do internetês: jamais chame a diretora de RH de "miga" ou diga que o seu currículo é "lacrador", pelo amor de Deus!

2. Não maltrate o português. Erros craços, ops!, erros crassos podem render eliminação sumária. Pega mal uma vírgula se intrometendo onde não devia ou uma crase desajeitada, por mais que o receptor da mensagem tenha grandes chances de entender quase nada de vírgulas e crases também.

3. Gerúndio: é bom estar evitando. A menos que a vaga cobiçada seja para operador de telemarketing.

4. Seja conciso em suas mensagens. Textos longos são ótimos para cartas de suicídio, mas não para prospecção de trabalho. Foco no seu objetivo atual. Deixe para ser prolixo quando decidir, de fato, cortar os pulsos. Provavelmente por não conseguir um trabalho.

5. Seja sincero com a pessoa a quem faz o pedido e, principalmente, com você. Se você tem déficit de atenção, não vá dizer que é superfocado só para conseguir a vaga de controlador de tráfego aéreo. Assumir um compromisso de fachada é ter um divórcio traumático em pouco tempo.

6. Vai encaminhar seu currículo por e-mail? Mande sempre no corpo da mensagem. Anexo é doença venérea. As pessoas morrem de medo de contaminação. E, claro, bote apenas fatos relevantes no CV. Pouco importa se você foi presidente do fandom do Justin Bieber de Guarulhos.

7. Não puxe o saco apenas para conseguir uma oportunidade de trabalho, tipo exagerar nos elogios à empresa. "Eu adoraria trabalhar neste importante e prestigiado grupo empresarial". Porra, mil vezes não, ok? Isso soa mais falso do que a Claudia Leitte cantando em inglês.

www.belasletras.com.br